Die Tage müssen anders werden.
Die Nächte auch.

Erlend Loe

DIE TAGE MÜSSEN ANDERS WERDEN
DIE NÄCHTE AUCH

Roman

Aus dem Norwegischen
von Hinrich Schmidt-Henkel

Kiepenheuer & Witsch

Eine Übersetzung der englischen Textpassagen befindet sich als Anhang am Ende des Buches.

1. Auflage 1998

Titel der Originalausgabe: *Naiv. Super.*

Aus dem Norwegischen von Hinrich Schmidt-Henkel

Umschlaggestaltung: Rudolf Linn, Köln
Satz: Greiner & Reichel, Köln
Druck und Bindung: Graphischer Großbetrieb Pößneck, Pößneck
ISBN 3-462-02701-8

»Anybody who rides a bike
is a friend of mine.«
Gary Fisher

DIE WAND

Ich habe zwei Freunde. Einen guten und einen schlechten. Außerdem habe ich einen Bruder.
Er ist vielleicht nicht so sympathisch wie ich, aber soweit ganz okay.

Ich bekomme die Wohnung von meinem Bruder, wenn er verreist ist. Eine hübsche Wohnung. Mein Bruder hat ganz gut Geld. Gott weiß woher, ich habe das nicht so mitgekriegt. Er kauft oder verkauft irgendwas. Und jetzt ist er verreist. Er hat mir erzählt, wohin. Ich habe es auch aufgeschrieben. Vielleicht nach Afrika?

Er hat mir eine Nummer auf einem Zettel dagelassen, und daß ich ihm Post und Nachrichten nachfaxen soll. Das ist jetzt mein kleiner Job. Einfach, machbar.
Als Gegenleistung kann ich hier wohnen.
Das finde ich sehr gut.
Genau das, was ich brauche.
Ein bißchen Zeit, um Ruhe zu finden.
Mein Leben ist in der letzten Zeit ziemlich merkwürdig gewesen. Vom einen Tag auf den anderen habe ich das Interesse an allem verloren.

Passiert ist es vor ein paar Wochen, an meinem 25. Geburtstag.
Mein Bruder und ich waren zum Abendessen bei unseren Eltern. Gutes Essen. Und Kuchen. Wir haben über dies und das geredet. Plötzlich, ich war selber ganz überrascht, habe ich meinen Eltern vorgeworfen, daß sie mich nie dazu bewegt haben, Hochleistungssport zu treiben. Das war absolut ungerecht.
Ich redete lauter blödsinniges Zeug, von wegen, heute könnte ich Profi sein, in Topform. Viel Geld könnte ich haben, und immer unterwegs sein. Idiotischerweise behauptete ich, es sei ihre Schuld, daß ich es nie zu etwas gebracht habe und daß mein Leben so leer und langweilig ist.
Hinterher habe ich mich entschuldigt.

Das war aber erst der Anfang.
Am selben Abend haben mein Bruder und ich Krocket gespielt. Das machen wir nicht oft. Die alten Krocketschläger lagen verfault hinter dem Geräteschuppen im Garten. Wir haben es bei jeder Menge Tankstellen versucht, bis wir neue gefunden hatten. Mein Bruder hat sie mit einer von seinen Kreditkarten bezahlt. Wieder im Garten unserer Eltern, schritten wir die Abstände ab und steckten Tore und Stäbe in die Erde. Ich nahm Rot, mein Bruder Gelb. Ich weiß nicht, ob wir diese Farben auch immer hatten, als wir klein waren. Daran erinnere ich mich nicht.
Wir fingen zu spielen an, und eine Zeitlang ging es gut. Ich kam rasch durch die ersten Tore, erzielte Zusatzschläge und spielte weiter. Ich hatte Vorsprung. Lange vor meinem Bruder war ich einmal durch und durfte jetzt seine Kugel wegkicken. Ich legte meine Kugel hinter einen

Baum, wartete da auf ihn, lachte ihn aus und machte Witze. Ziemlich übermütig.
Mein Bruder war jetzt auch einmal durch und durfte meine Kugel wegkicken. Er fand das Ganze schon seit mehreren Minuten gar nicht mehr komisch, als er zum Gebüsch schaute.
Ich konnte ihm ansehen, was er vorhatte.
Das muß doch nicht sein, sagte ich.
Aber mir war schon klar, da kannte er nichts. Er legte seine Kugel neben meine, stellte den rechten Fuß darauf und richtete sie so aus, daß sie möglichst viel Schaden anrichten würde. Er zielte gründlich auf den Rand des Gartens. Dahin, wo der Garten zu Ende war. Wo das Gras aufhörte, Gras zu sein, und nur noch Moos war. Vorsichtig holte er ein paarmal probeweise aus, um richtig Schwung in den Schlag zu legen und um nicht seinen Fuß zu treffen. Das wäre schließlich das Allerpeinlichste. Dann kickte er mit seiner Kugel meine in den großen Busch. Verflucht tief in den Busch rein. Mitten in die Mitte.
Dahin, wo niemals die Sonne scheint.

Eigentlich ein Superschlag. Ich mache ihm auch keine Vorwürfe. Ganz sicher hätte ich es genauso gemacht.
Aber dann meine Reaktion. Die hat mich total kalt erwischt.

Mein Plan war klar gewesen, die ganze Zeit schon – er war einfach und ziemlich feige. Ich wollte im Zielbereich liegen und harmlos tun, und dann würde ich seine Kugel aber so was von weit wegkicken, wie er es nie für möglich gehalten hätte. Falls ich danebenhauen würde, auch kein Problem, denn er war noch nicht mit seiner Runde

durch. Aber wenn ich treffen sollte, dann würde ihn das ungespitzt in den Boden hauen, vor allem, weil ich ihm außerdem die Revanche verweigern würde.
All das konnte ich jetzt vergessen.
Ich hatte einmal zuviel danebengehauen. Mein Bruder hatte mich rausgekickt, und meine Kugel lag im Busch.

Ich ließ nicht locker. Wollte mich nicht geschlagen geben. Ich hatte vor, seine Kugel unter das Auto zu schießen. Das war das einzige, was mich noch aufrechthielt. Blut und Wasser sollte er schwitzen. Irgendwie würde ich es schon hinbekommen, daß sich seine Kugel unter dem Auto verklemmte. Auf allen vieren würde er kriechen müssen, auf dem Bauch, im Dreck, fluchend.
Aber jetzt mußte ich erst mal meine Kugel aus dem Busch holen. Ich hob die Äste an und bog sie beiseite. Dann leuchtete ich mit einer Taschenlampe hinein, tief in den großen Busch. Ganz hinten konnte ich die Kugel erkennen. Man sah nicht mal mehr, daß sie rot war, aber ganz klar, es war meine Kugel. Mein Bruder lachte sich natürlich halbtot.
Ich nahm die Taschenlampe in den Mund und kroch ins Gebüsch. Es war feucht und kalt, wahrscheinlich gerade mal ein paar Grad über Null. Diesen Busch habe ich gehaßt, seit ich denken kann. Gleich würde ich zuschlagen. Ich zielte. Das würde klappen. Ich war überzeugt, in ein paar Sekunden würde ich wieder vorn liegen.
Den wollte ich abmeiern, meinen Bruder, diesen Mistkerl.

Aber ich brauchte drei Schläge, um aus dem Busch rauszukommen. Und während ich noch dastand und mir Blätter und Erde abklopfte, immer noch die Taschenlampe im

Mund, kriegte mich mein Bruder wieder dran und schoß meine Kugel in den Busch zurück.
Das ist einer der Gründe, weshalb ich glaube, daß er tief drinnen möglicherweise weniger sympathisch ist als ich. Ich hätte seine Kugel nie zweimal in den Busch geschossen. Einmal schon. Aber doch nicht zweimal.
Ich schaltete die Taschenlampe an und kroch wieder in den Busch. Als mein Bruder mich zum drittenmal wegkikken wollte, haute er daneben, und ich konnte zur Revanche seine Kugel wegschießen. Aber als ich sie unter das Auto kicken wollte, traf ich nicht richtig, und der Schuß mißlang. Wahrscheinlich hatte ich mir einfach zuviel Mühe gegeben.
Danach machte er kurzen Prozeß. Er kickte meine Kugel an den Startstock, das Spiel war vorbei, ich hatte verloren. Das gab Zoff. Ich fand, er hätte geschummelt, wir sahen in den Regeln nach und zofften uns weiter. Ich sagte ein paar Sachen, die ziemlich daneben waren.
Schließlich fragte mein Bruder, ob irgendwas nicht in Ordnung sei. Was ist mit dir los?, fragte er. Ich wollte schon sagen, nichts, aber da spürte ich, wie es in mir hochkam. Überwältigend und widerlich. So etwas hatte ich noch nie erlebt, und ich konnte nicht mehr sprechen. Statt dessen setzte ich mich ins Gras und schüttelte den Kopf. Mein Bruder kam zu mir her und setzte sich neben mich. Er legte mir die Hand auf die Schulter. So hatten wir noch nie nebeneinander gesessen. Ich fing zu weinen an. Seit Jahren hatte ich nicht mehr geweint. Offenbar hat das meinen Bruder überrascht. Es tat ihm leid, daß er so brutal gespielt hatte.

Alles kam mir so sinnlos vor, ganz plötzlich.

Mein eigenes Leben, das Leben der anderen, das Leben von Tieren und Pflanzen, die ganze Welt. Alles war so zusammenhanglos.
Das erzählte ich meinem Bruder. Er hatte allerdings nicht die Voraussetzungen, das zu begreifen. Also stand er einfach auf und sagte, reiß dich zusammen, shit happens, wird schon wieder. Er versuchte, mich hochzuziehen, knuffte mich brüderlich in den Bauch und feuerte mich ein bißchen an. Er hat früher Bowling gespielt. Mein Bruder versteht sich auf Anfeuern. Ich sagte, bleib cool. Mein Bruder setzte sich hin und blieb cool.

Wir redeten miteinander, ich völlig durcheinander. Keiner von uns beiden verstand besonders viel von dem, was ich sagte. Aber mein Bruder nahm mich ernst, das muß man sagen. Ich konnte sehen, daß ich ihm leid tat. Er hatte mich noch nie in so einem Zustand gesehen.
Er sagte, ganz sicher kämen jeden Tag Tausende Menschen so beschissen drauf. Den meisten geht es erst mal eine Zeitlang dreckig, aber bald wieder besser. Mein Bruder ist ein Optimist. Er wollte mir helfen.
Ich dachte, tiefer runter konnte es nicht gehen, und fürchtete, ich könnte den Lebensmut verloren haben und nie wieder Freude empfinden.

Und dann sagte mein Bruder, er müsse verreisen, in ein paar Tagen, für zwei Monate. Er bot mir seine Wohnung an. Ich sagte danke, und dann saßen wir da und sagten gar nichts mehr, bis mein Bruder auf die Uhr schaute und feststellte, daß die Sportschau schon lief. Er fragte, ob es mir recht sei, wenn wir reingingen. Außerdem hätte ich doch Geburtstag und es sei noch Kuchen übrig.

Als ich am nächsten Morgen aufwachte, spürte ich: So konnte es nicht weitergehen. Ich blieb liegen und dachte nach.
Das Problem war nicht das Krocket. Da war ich ganz sicher.
Krocket war was Kleines, und das hier war was Großes.
Ziemlich bald dämmerte mir, womit die Sache zu tun hatte: Ich war fünfundzwanzig geworden, und das machte mir einfach zu schaffen.
Älter werden hat mich schon immer beunruhigt.
Auf Raum pfeife ich mehr oder weniger, aber mit Zeit habe ich Probleme.

Beim Anziehen wurde mir klar, daß ich diesen Tag auf gar keinen Fall verbringen durfte, wie ich die Tage sonst verbrachte.
Die Tage mußten anders werden.
Die Nächte auch.

Eine Zeitlang schaute ich aus dem Fenster.
Dann traf ich eine Entscheidung.
Ich fuhr mit dem Fahrrad zur Uni hoch und sagte, ich sähe mich außerstande, mein Studium weiterzuführen. Die Sekretärin im Immatrikulationsbüro fragte, ob was nicht stimmen würde und ob sie was für mich tun könnte. Ich fand ihre Fürsorglichkeit rührend, hatte aber keine Lust zu reden. Also dankte ich kurz für ihre Freundlichkeit und beantwortete ihre erste Frage mit ja, die zweite mit nein.
Danach radelte ich in die Stadt zurück und wickelte den Rest meines alten Daseins ab. Bei der Zeitung, für die ich ab und zu schrieb, sagte ich Bescheid, eine Weile würde von mir erst mal nichts mehr kommen, vielleicht auch

gar nicht mehr. Dann kündigte ich meine Bude, das Telefon und das Zeitungsabonnement. Außerdem verkaufte ich meine Bücher. Und den Fernseher.
Meine restliche Habe paßte in den Rucksack und zwei Pappkartons. Die Kartons stellte ich bei meinen Eltern auf den Dachboden, den Rucksack schulterte ich und fuhr in die Wohnung meines Bruders.

Da saß ich dann und schwitzte.
Ich hatte eine echte Handlung vollbracht.
Das war was Reales.
Nicht bloß irgend so eine Seifenoper.

DER BALL

Ein paar Wochen später.
Ich sitze in der Wohnung von meinem Bruder.
Einmal täglich gehe ich raus und kaufe etwas zu essen. Wenn Post kommt, mache ich sie auf und faxe sie meinem Bruder. Eine unglaublich lange Faxnummer. Ich bin mir immer sicherer, daß er in Afrika ist. Den Zettel, auf dem ich seine Adresse notiert habe, habe ich aber nicht mehr gefunden.
Abgesehen davon tue ich so gut wie nichts.
Ich blättere in Zeitungen oder liege auf dem Sofa und gukke in die Luft.
Pläne habe ich keine.
Immer noch herrscht dieses Gefühl vor, daß das meiste sinnlos ist.
Nicht gerade inspirierend. Ich habe das Tempo total runtergefahren. Auf Null.
Ich denke, daß ich von vorn beginnen muß. Bloß: Wie macht man das?

Gestern habe ich eine Liste geschrieben, was ich habe und was nicht.
Das hier habe ich:
– ein hübsches Fahrrad
– einen guten Freund

– einen schlechten Freund
– einen Bruder (in Afrika?)
– Eltern
– Großeltern
– einen hohen Kredit fürs Studium
– eine bestandene Zwischenprüfung
– einen Fotoapparat
– eine Handvoll Geld (geliehen)
– ein Paar so gut wie neue Joggingschuhe.

Und das habe ich nicht:
– Pläne
– Begeisterung
– eine Freundin
– das Gefühl, daß die Dinge zusammenhängen und daß am Ende alles gut wird
– ein gewinnendes Wesen
– eine Uhr.

Die paarmal, als ich mir heute die Liste angesehen habe, konnte ich feststellen, daß die Haben-Seite mehr Punkte enthält als die Nicht-Haben-Seite. Ich habe 11 Sachen. Mir fehlen 6. Man könnte fast optimistisch werden.
Bei genauerem Hinsehen wird mir aber klar, daß die Rechnung ziemlich unausgewogen ist. Sie geht nicht auf. Einiges von dem, was ich habe, ist wohl entbehrlich, und etliches von dem, was ich nicht habe, scheint mir absolut notwendig, um so zu leben, wie ich es gern will.
Zum Beispiel würde ich jederzeit meinen schlechten Freund gegen ein bißchen Begeisterung eintauschen. Oder gegen eine Freundin.
Jederzeit.

Aber es ist sonnenklar, daß das so nicht funktioniert.
Ich hab ein bißchen mit den Zahlen herumgespielt.
11 + 6.
Macht 17. Eine ziemlich hohe Zahl, wenn es um die Grundausstattung im Leben eines Menschen geht. Ein paar Sekunden lang war ich richtig stolz. Aber das ganze ergibt überhaupt keinen Sinn. Sachen, die man hat und nicht hat, zusammenzuzählen, ist idiotisch, sonst gar nichts. Außerdem sind manche davon eben nicht unentbehrlich. Die Uhr zum Beispiel. Ich hätte gern eine Uhr, aber ich würde nicht behaupten, daß sie wesentlich ist. Ich habe nur einfach Lust darauf, eine zu haben. Damit ich besser mit der Zeit gehen kann. Wie gesagt, ich komme nicht besonders gut mit der Zeit klar, und ich glaube, es ist besser, man stellt sich seinen Problemen, als daß man ihnen ausweicht. Aber ob eine Uhr wesentlich ist? Nee.
Mit den Joggingschuhen ist es dasselbe. Die sind auch nicht wesentlich, aber ich habe welche. Vielleicht kann man ja sagen, daß sich die Uhr und die Joggingschuhe gegenseitig aufheben? Dann bleibt noch 10 + 5. Macht 15. Auch noch schön groß in dem Zusammenhang, diese Zahl. Aber leider unbrauchbar und genauso sinnlos wie 17.
Ich muß versuchen, an was anderes zu denken.

Wie ich gerade auf dem Sofa liege und döse, höre ich, daß ein Fax kommt. Ich warte, daß der Apparat es ausspuckt und abschneidet. Dauert vielleicht eine Minute. Dann fällt das Fax auf den Boden, und ich stehe auf, es holen.
Es ist von Kim.

Kim ist mein guter Freund. Ich kenne ihn seit ein paar Jahren. Er ist ein netter Kerl, und er wird gerade Meteorologe. Er ist zu einem Praktikum oder so was auf einer Insel oben im Norden. Wenn ich ihn richtig verstanden habe, ist er auf der Insel allein. Er liest ein paar Meßgeräte ab und rechnet irgendwas aus. Außerdem ruft er ein paarmal täglich im Meteorologischen Institut in der Uni in Oslo an. Ich glaube, er fühlt sich da oben ein bißchen einsam.
Er schickt mir unablässig Faxe. Bei diesem Tempo kann ich schlecht mithalten. Ich habe ihm schon gesagt, daß ich ihm nicht so oft faxen kann wie er mir. Er sagt, das ist in Ordnung, aber trotzdem, ich weiß, er versauert so langsam auf seiner Insel. Wir haben es nicht im einzelnen besprochen, aber unsere Regel lautet in etwa, daß er mir faxen kann, so viel er will, aber ich brauche nur zu antworten, wenn ich mich dazu in der Lage fühle. Mit dieser Regel kann ich leben.

Kim faxt mir, daß er schwedisches Fernsehen gesehen hat, einen kommerziellen Unterhaltungskanal. Er schreibt mir auf schwedisch:
1. Kündige
2. Verreise
3. Schaff dir neue Freunde an.

Ich habe Kim erzählt, wie es mir zur Zeit geht. Er versucht, mir zu helfen. Sympathisch.
Unter dem Schreibtisch von meinem Bruder steht eine Schachtel, auf die ich »Kim« geschrieben habe. Da kommen all seine Faxe rein. Die Schachtel ist schon fast voll. Seit Kim mitgekriegt hat, daß ich an einem Ort bin, wo es ein Fax gibt, steht das Ding nicht still.

Ich lege mich wieder aufs Sofa. Es muß etwas passieren. Nicht unbedingt gleich etwas Großes. Irgendwas eben. Ich beschließe, rauszugehen und etwas zu kaufen, das mich auf nette Gedanken bringt, oder noch besser: zum Lächeln.

Ich gehe in mehrere Geschäfte, finde aber nichts, worauf ich Lust kriege.
Vielleicht definiere ich mal ein paar Kriterien, wonach ich suche?
Aus irgendeinem Grund finde ich das mit den Listen eine gute Sache. Listen sind klasse. Wahrscheinlich werde ich in der nächsten Zeit viele machen. Zum Beispiel jetzt gleich.
Kurz nachgedacht, und schon ist klar, daß ich nach einem Gegenstand suche,
– der so groß ist, daß ich ihn leicht tragen kann
– der nicht mehr kostet als hundert Kronen
– den man viele, viele Male benutzen kann
– den man sowohl drinnen als auch draußen benutzen kann
– den man allein und zusammen mit anderen benutzen kann
– der mich in Bewegung bringt
– der mich die Zeit vergessen läßt.

Ich setze mich auf eine Bank und schaue mir die Liste genau an. Lange. Eine ehrliche Liste ist das. Ich bin zufrieden mit ihr. Vielleicht gibt es so ein Ding, vielleicht auch nicht. Nicht so wichtig. Wichtig ist die Liste. Die ist eine Entdeckung für mich. Sie ist wertvoll.
Ich sitze da und grübele, was für ein Gegenstand das sein könnte.

Wahrscheinlich mehrere. Ich will aber nur einen.
Auf einmal geht mir auf, daß ich einen Ball haben will. Schlicht und einfach. Ich spüre eine Welle der Begeisterung.

Lange her, daß ich an Bälle gedacht habe. Schön, daß ich darauf gekommen bin! An solche Dinge muß ich denken. Das ist der richtige Weg. Jetzt brauche ich nur noch einen Ball zu finden. Wie sucht man einen Ball aus?
Die Welt ist voller Bälle. Unablässig werden sie von den Leuten benutzt. Zu Spiel und Sport und bestimmt noch vielem anderen. Jetzt kommt es drauf an, den passenden zu finden.
Ich gehe in ein Sportgeschäft.
Eine überwältigende Auswahl an Bällen haben die. Hübsche, teure Bälle. Aus Leder und anderen, haltbaren Materialien. Ich befühle sie, aber sie kommen mir zu anspruchsvoll vor. Wenn ich so einen Ball kaufe, setzt der mich am Ende unter Leistungsdruck. Für einen Profiball ist die Zeit noch nicht reif. Alles, was mit Konkurrenz zu tun hat, muß ich in meinem Leben derzeit möglichst meiden. Erholung, so lautet jetzt die Parole.
Ich brauche einen ganz schlichten Ball. Am besten einen aus Plastik.
Also weiter, in einen Spielzeugladen. Hier ist die Auswahl etwas übersichtlicher, zum Glück nur eine Handvoll Bälle, in wenigen Farben und Größen. Ich wiege einige davon in der Hand und lasse sie auf dem Boden hüpfen. Am Ende mache ich es mir leicht und nehme einen roten Plastikball, mittelgroß. Knapp fünfzig Kronen kostet er.
Für den Transport gibt man mir eine Tüte. Dann radele ich nach Hause.

Ich faxe Kim: Bessere Laune als seit langem. Habe mir roten Ball gekauft.

Ich lege mich aufs Sofa und lasse den Ball auf meiner Brust ruhen. Jetzt warte ich, daß es Abend wird.
Wenn es dunkel ist, gehe ich in den Hinterhof und werfe den Ball an eine Wand. Darauf freue ich mich schon.

DER BAUM

Inzwischen habe ich den Ball mehrere Abende hintereinander an die Wand geworfen.
In der Regel gehe ich nach den Abendnachrichten im Fernsehen runter und stelle mich in eine Ecke, wo keine Fenster sind. Eine Stelle, wo wenig Leute durchkommen, beleuchtet von einer nackten Glühbirne.
Das Werfen hat etwas an sich, das sehr gut tut. Keine Ahnung, was. Man sollte viel mehr werfen. Wir alle sollten werfen. Dann würde es anders um die Dinge stehen. Wir wären fröhlicher.
Ich werfe den Ball an die Wand und lasse ihn einmal vom Boden abprallen, bevor ich ihn wieder fange. Das ist ein guter Ball. Er kommt immer zurück. Und er liegt gut in der Hand. Ich hatte vergessen, wie ein Ball sich anfühlt. In der Hand. So rund. Er läßt mich die Zeit vergessen.

Jetzt werfe ich wieder.
Der rote Plastikball trifft die Wand und macht ein leises Geräusch. Dann springt er auf den Boden, und dort macht er ein anderes Geräusch. Danach fange ich ihn auf, halte ihn kurz fest und werfe wieder. Ganz automatisch. Ohne darüber nachzudenken, was ich tue. Ich kann über etwas anderes nachdenken.

Heute abend denke ich an meinen Großvater. Mütterlicherseits. Vor ein paar Wochen hat er mir eine Geschichte erzählt, eine Geschichte aus einer guten Welt.

Meine Großeltern wohnen in einem gelben Holzhaus, das sie vor langer Zeit gebaut haben. Mit einem großen Garten, in dem sie immer viel gearbeitet haben. Blumen und Bäume und Büsche sind ihnen ziemlich wichtig. Sie kennen alle Namen und wissen, wann man was pflanzt, wann man gießt und erntet. Sie reden viel über Blumen und verschenken welche an Freunde und Verwandte. So ist es immer gewesen, seit ich denken kann.
Als sie das Haus fertig hatten, hat mein Großvater einen Apfelbaum gepflanzt, ganz hinten am Rand. Den Baum habe ich nie zu Gesicht bekommen. Als ich geboren wurde, war er weg.
Aber gehört habe ich von ihm.

Als der Baum schon etliche Jahre stand, fing er an, Äpfel zu tragen. Viele Äpfel. Großmutter machte Saft und Gelee daraus.
Ein prima Apfelbaum war das.
Aber dann passierte es.
Es war ein guter Sommer gewesen, die Äpfel waren groß und prall. Bald sollten sie geerntet werden.
Aber eines Morgens war der Baum kaputt. Die dicken Äste lagen am Boden.

Mein Großvater erzählte, es habe schlimm ausgesehen. Der Baum würde keine Äpfel mehr tragen. Er würde eingehen. Mein Großvater ging ins Haus und überbrachte Großmutter die traurige Botschaft. Danach zog er die

Arbeitskleidung aus, zog sich etwas Besseres an und ging die Straße hinunter, am Friedhof vorbei, zur Berufsschule.
Dort sprach er mit dem Direktor.
Man ging der Sache nach, und etwas später meldeten sich drei Jungen.
Sie hatten Äpfel klauen wollen, aber dann hatten sie irgendwie ein bißchen die Kontrolle über die Sache verloren.
Sie hatten ein sehr schlechtes Gewissen.
Ein Dummejungenstreich war es also gewesen. Nichts Großes, aber ernst genug. Sowohl mein Großvater als auch der Direktor fanden es sehr wichtig, daß das Unrecht gesühnt würde.
Damals kostete ein neuer Apfelbaum 150 Kronen. Die Jungen sollten den Baum bezahlen.
Machte 50 für jeden.
Mein Großvater sagte, damals sei das ziemlich viel Geld gewesen.

Die Jungen sollten die Summe in wöchentlichen Raten abstottern, den ganzen Herbst hindurch, bis in den Frühling, dann wären sie quitt.
Mein Großvater war selber auf diese Schule gegangen und wußte genau, daß die Jungen nicht gerade reich waren. Sie wohnten in der Schule, manche von ihnen weit weg von zu Hause, und die Familien hatten schon tief in die Tasche greifen müssen, um ihnen den Schulbesuch zu ermöglichen. Sie mußten die Apfelbaumkronen von ihrem bißchen Taschengeld berappen, das bedeutete wahrscheinlich, daß sie all ihre kleinen Vergnügen ganz schön herunterfahren mußten. Sie konnten so gut wie nichts

mehr kaufen, konnten kaum mehr ins Kino gehen, den Mädchen keine Limo spendieren, nichts.

Jeden Samstag war Zahltag, und die Jungen fanden sich mit hängenden Ohren vor der Tür meiner Großeltern ein. Ziemlich kleinlaut. Sie streckten nur die Hand aus und ließen die Münzen in die Pranke meines Großvaters gleiten. Der nickte ernst, als Bestätigung, daß alles seinen rechten Gang ging. Und immer so weiter. Es wurde Winter, es wurde Frühling.
Im Mai blühte der Garten erneut, und in der Berufsschule sollten bald die Ferien beginnen. Die Jungen würden den Sommer über nach Hause reisen. Als sie zum letzten Mal kamen, hatten sie sich ordentlich angezogen. Für sie war es ein Feiertag. Sie läuteten an der Tür, und meine Großmutter bat sie herein. Sie hatte Kaffee gekocht und Waffeln gebacken.
Die Jungen aßen und tranken, bezahlten die letzte Rate und gaben meinem Großvater die Hand.
Damit war die Sache aus der Welt geschafft.
Die Jungs waren erleichtert. Sie lächelten ein bißchen und unterhielten sich zum ersten Mal mit meinem Großvater, berichteten von der Schule und von ihren Plänen für den Sommer. Sie erzählten, woher sie kamen. Ihre Gesichter waren froh. Die Schuld war getilgt. Sie waren geläutert und konnten endlich wieder den Kopf hoch tragen.

Irgendwann standen sie auf, um zu gehen. Sie wurden verabschiedet und gingen zur Tür.
Da stand mein Großvater auf.
Wartet mal, sagte er, da ist noch was.
Die Jungs blieben stehen. Mein Großvater ging durchs

Zimmer, zum großen Küchenschrank, und öffnete ihn. Von ganz hinten zog er drei Umschläge heraus. Dann ging er hin und gab jedem einen.
Die Jungen sahen einander an, sie verstanden nicht ganz. Dann machten sie die Umschläge auf, und gleich liefen ihnen die Tränen über die Wangen.
Mein Großvater hatte ihnen das Geld wiedergegeben.

Ich werfe immer noch, bin gerade so gut im Rhythmus. Man soll aufhören, wenn es am schönsten ist, aber das sehe ich nicht ein. Dieses Spiel ist immer gerade am schönsten, egal, wie lange ich es spiele.
Mein Großvater erzählte, er hätte die ganze Zeit vorgehabt, ihnen das Geld zurückzugeben. Es ging ihm nicht um das Geld, meinte er.

Ich denke an die Jungen. Heute sind sie erwachsen. Sicher über fünfzig.
Sie mußten das Gefühl gehabt haben, daß die Welt gut ist. Daß die Dinge zusammenhingen. Daß sie einen Sinn hatten.
Was wohl aus ihnen geworden ist? Wahrscheinlich haben sie selber Familien und Gärten mit Apfelbäumen.

Mein Großvater ist eine echte Persönlichkeit.
Ob ich wohl auch eine bin?
Wer weiß, ob es in meiner Generation überhaupt echte Persönlichkeiten gibt.

DIE ZEIT

Heute früh habe ich im Regal von meinem Bruder ein Buch gefunden, auf englisch. Es handelt von der Zeit und dem Universum und dem Ganzen.
Ich habe darin herumgeblättert, aber dann bekam ich einen Schweißausbruch und mußte es weglegen. Es war einfach zuviel für mich.
Es gibt im Moment Grenzen für das, was ich aushalte. Ich ging ein bißchen in der Wohnung hin und her und fühlte mich unruhig.

Um meine Gedanken in andere Bahnen zu lenken, blätterte ich ein bißchen in einem alten Fotoalbum, das mein Bruder da stehen hatte. Mehrere Fotos von mir sind auch darin. Ich bin klein und trage meist merkwürdige Sachen. Aus so einem samtartigen Stoff. Immer dieser Samt.
Als Kind muß ich ein unglaubliches Selbstbewußtsein gehabt haben.

Auf einem Foto bin ich mit meinem neuen Klapprad zu sehen. Es ist grün und hat fünf rote Marienkäferchen auf der Stange. Ich trage eine gelb-braun gemusterte Latzhose. Ich will radfahren. Das war mein einziger Plan.
Wenn ich morgens aufwachte, dachte ich: Das Fahrrad. Ein einziger Gedanke.

Heute wache ich auf und habe viele Gedanken. Ganz sicher mehr als fünf. Das ist eine Menge.

Ich weiß nicht, was der Sinn des Ganzen sein soll. Was ist der Sinn des Ganzen?

Ich habe Kim ein Fax geschickt und gefragt, ob seine Eltern ihn in Samt gekleidet haben, als er klein war. Außerdem habe ich gefragt, ob er weiß, was der Sinn des Ganzen sein soll.
Er hat gleich zurückgefaxt. Ja zur Samtfrage, nein zur Sinnfrage.
Kim antwortet immer sofort. Als würde er nur dasitzen und auf meine Faxe warten.
Er tut mir ein bißchen leid.

Wie ich so dasaß und auf Kims Fax schaute, wo ja steht und nein, kam die Unruhe wieder. Ich stellte fest, daß ich den Standort gewechselt hätte und immer näher an das Bücherregal kam. Da stand das Buch; ich stand ein Stück daneben. Ich schielte hin und ging noch ein bißchen näher ran. Am Schluß saß ich wieder, das Buch im Schoß, und dachte, warum nicht gleich meinem Problem auf den Grund gehen, besser jetzt als später. Ich weiß nicht genau, aber ich glaube, das war eine reife Entscheidung.
Das Buch ist von einem Professor namens Paul.
Ich denke, einer mit so einem sympathischen Namen kann unmöglich die Absicht haben, mir angst zu machen.

Jetzt habe ich mehrere Stunden lang gelesen und stelle fest, daß mein Gesamtzustand davon nicht unbeeinflußt bleibt.

Obwohl in dem Buch steht, Paul sei dafür bekannt, daß er einfach über komplizierte Sachen schreibt, finde ich es schwierig.
Paul behandelt schwierige Dinge.
Meine Voraussetzungen, ihn zu verstehen, sind unterdurchschnittlich.
Mathematik und Physik habe ich im Gymnasium nach der elften Klasse abgewählt. Damals fand ich, es gebe jede Menge andere Dinge, auf denen ich mein Dasein aufbauen wollte. Heute bin ich mir da nicht mehr so sicher. Vielleicht war die Entscheidung daneben.
Also verstehe ich nicht alles. Vielleicht verstehe ich sogar weniger, als ich denke, aber das, was ich verstehe, fasziniert und erschreckt mich.
Ich hatte ja keine Ahnung, daß mein Bruder solche Bücher liest. Ganz offensichtlich ist mir so einiges an meinem Bruder unbekannt.
An der Zeit ist mir noch bedeutend mehr unbekannt.
In einem Labor in Braunschweig steht ein drei Meter langer Metallzylinder.
Paul schreibt, daß er wie ein U-Boot geformt ist und in einem Stahlgerüst liegt, umgeben von Leitungen und Meßgeräten. Das ist eine Atomuhr, derzeit die genaueste Uhr, die es gibt.
Genauer als die Erdrotation.
Eine solche Genauigkeit verblüfft mich. Sie hat offenbar wenig mit der Erde zu tun. Sie ist nur etwas, das jemand festgelegt hat. Das gefällt mir. Seltsam, aber mir kommt es vor, als würde die Zeit dadurch etwas greifbarer.
Vielleicht wünsche ich mir eine Atomuhr?
Als Ausgleich für die Unregelmäßigkeit der Erde schaltet man dann und wann eine Sekunde zusätzlich ein. Zum

letzten Mal im Juni 1994. Hat aber keiner drüber gesprochen.

Wegen der Atomuhr haben sie neu definiert, was eine Sekunde ist. Früher war eine Sekunde der 86.400ste Teil eines Tages, aber jetzt zählt sie 9.192.631.770 Schwingungen eines Cäsium-Atoms.
Kommt mir mächtig viel vor.
Diese Information haut mich schier um. Ich fühle mich unwohl und hole den Ball. Den muß ich erst mal ziemlich lange gegen den Kühlschrank werfen, bevor ich weiterlesen kann.

Ich weiß noch, wie wir in der Grundschule immer Milch getrunken haben.
Ein paar von uns hatten Digitaluhren am Handgelenk. Mit Stoppuhr. Auf die Hundertstelsekunde genau. Wir stoppten die Dauer von allem möglichen absurden Zeug. Das war damals das größte.
Lange wetteiferten wir darum, wer die Milch am schnellsten trinken konnte. Ich brauchte immer über fünf Sekunden, aber Espen, der Teufelskerl, brauchte weniger als eine Sekunde – für den ganzen Viertelliter.
Im Lichte dessen, was ich gerade gelesen habe, finde ich das imponierend. Ich selber nehme mir nicht viel vor, das weniger als eine Sekunde dauert.
Ich kann fast fünfzehnmal pro Sekunde mit den Fingern auf die Tischplatte trommeln. Damit bin ich ganz zufrieden. Und manchmal mache ich Fotos mit nur einer Tausendstelsekunde Belichtungszeit.
Aber das ist natürlich nichts im Vergleich zu dem, was so eine Atomuhr schafft. Ob ich mich darauf verlassen kann,

daß das auch stimmt? Über neun Milliarden Schwingungen pro Sekunde? Das kann ich mir einfach nicht vorstellen. Zu hoch. Meine Fähigkeit, mir vorzustellen, wie viele Einheiten in einer Menge Platz haben, ist einfach begrenzt. Ich kann so gut wie auf einen Blick erkennen, ob vier oder neun Kühe auf einer Weide stehen, aber wenn es mehr als fünfzehn sind, muß ich zählen. Und alles über tausend läuft eigentlich auf dasselbe hinaus.
Ich habe keinerlei Möglichkeit, das mit den Cäsium-Atomen zu überprüfen.
Ich muß einfach darauf vertrauen, daß Paul weiß, wovon er spricht.
Ich muß ihn beim Wort nehmen.

Jetzt habe ich weitergelesen.
Es wird immer schlimmer.
Paul sagt, die Schwerkraft beeinflußt die Zeit.
Der Mann weiß wirklich nicht, wann es reicht.
Ohne jede Vorwarnung behauptet er, Schwerkraft und Bewegung beeinflussen die Zeit.
Ich schaue mir den Umschlag des Buches an. Es stammt aus einem seriösen Verlag. Wahrscheinlich stimmt das, was Paul schreibt.
Ich werde sauer.
Warum hat mir das noch nie jemand erzählt?
Begreifen die Physiklehrer denn nicht, daß dadurch alles anders wird? Sind sie so dumm?
Daß ich damals Physik abgewählt habe, lag daran, daß wir die ganze Zeit Protonen und Neutronen malen mußten, ohne zu begreifen, wie das Ganze eigentlich zusammenhängt. Todlangweilig. Viel lieber drehte ich mich zu den Mädchen um, machte mit Daumen und Zeige-

finger der linken Hand einen Ring und schob dann den rechten Zeigefinger ganz schnell darin hin und her.
Kein Wörtchen über die Zeit, nie.
Nicht ein einziger meiner Lehrer hat jemals mit einem Wort die Zeit erwähnt. Ich müßte mal versuchen rauszufinden, ob die überhaupt eine Ahnung davon haben.
Vielleicht haben sie es die ganze Zeit gewußt. Dann müßte ich mich rächen. Müßte ihnen einen Schlag zwischen die Schulterblätter verpassen, wenn sie absolut nicht damit rechnen.
Ich fühle mich betrogen.
Weil ich niemandem mehr vertrauen kann.

Auf der Sonne vergeht die Zeit zwei Milliardstelsekunden langsamer als bei uns. Hat mit der Schwerkraft zu tun. Paul schreibt, die ist da oben stärker.
Ich hatte immer gedacht, Zeit ist Zeit und Schwerkraft ist Schwerkraft. Offenbar nicht.
Mit ein paar ordentlichen Atomuhren kann man das im Empire State Buildung nachweisen.
Ich denke mir das nicht aus.
Wenn man eine Atomuhr im Erdgeschoß vom Empire State Building aufstellt und eine an der Spitze, stellt man nach einiger Zeit fest, daß die ganz oben schneller geht.
Im Laufe eines Menschenlebens kann man ein paar Tausendstelsekunden sparen, wenn man immer im Erdgeschoß bleibt.
Die ganz oben sitzen, werden älter sein als wir hier unten.

Jetzt muß ich das Buch weglegen.
Ich fühle mich ganz kraftlos. Bin zutiefst verwirrt.

Vielleicht lese ich an einem anderen Tag weiter.
Das wirft alles über den Haufen.
Es gibt keine Zeit.
Anders kann die Konsequenz doch nicht lauten.
Jedenfalls gibt es nicht nur eine Zeit. Meine Zeit.
Deine Zeit. Pauls Zeit. Die Sonnenzeit.
Viele Zeiten.
Viele Zeiten sind dasselbe wie keine Zeit.
Falls das stimmt, sollte ich mich freuen.
Warum freue ich mich nicht?
Ich bin total gestreßt.
Vielleicht freue ich mich später.

RADFAHREN

Ich freue mich immer noch nicht.
Ich war verrückt, in dem Buch zu lesen. Der blanke Übermut.
Ich bin mir gar nicht mehr sicher, ob Paul wirklich so sympathisch ist.
Schon möglich, daß es keine Zeit gibt, aber die Dinge bewegen sich trotzdem. Das Leben bewegt sich. Wir werden geboren, und wir sterben. Ich werde älter. Völlig egal, ob die Uhren auf der Sonne anders gehen.

Jemand müßte kommen und mir etwas zu tun geben. Jemand müßte mich bitten, irgendwas zu bauen. Irgendwas richtig Großes. Mich bitten, irgendwas mit dem Sandstrahlgebläse zu behandeln.
Es ist lange her, daß ich so richtig geschwitzt habe.

Ich habe noch eine Liste gemacht. Darüber, was mich als Kind immer begeistert hat. Ziemlich lang.
- Wasser
- Autos
- Telefone
- Tiere, die größer waren als ich
- Fische
- Spiegel

– Laken mit harter Webkante
– Schnitzen
– Schwören und hinter dem Rücken zurücknehmen
– Fahrstuhlfahren
– Lastautos
– Stöcke
– Tiere, die kleiner waren als ich
– laute Geräusche
– Traktoren
– Züge
– Flugzeuge
– Polizisten
– Brände und Feuerwehrleute
– die Straßenbahn
– der Weltraum
– total rote Sachen
– Ameisen
– Schwäne
– Gebisse
– Malen
– Heftmaschinen
– Sachen, die man werfen konnte
– Sägen
– Pflaster
– Milch
– Tang
– Höhen
– der Farbstoff in Blaubeeren
– Legosteine
– Sachen, die sich schneller bewegten als andere Sachen
– Schnee
– Bäume

– Knoten
– Lakritzschnecken
– der Rubik-Würfel
– Rasenmäher
– Fotoapparate
– Kacke und Pisse
– Tannenzapfen
– Seifenblasen
– Afrika
– Sachen, die golden oder silbern waren
– starker Wind
– Limo
– Sachen, die Papa machte.

Mein Dasein war voll davon. Diese Sachen waren so unkompliziert und schön. Wenn ich nicht gerade schlief, rannte ich herum und war begeistert. Ich ging nie. Ich rannte.
Ich schaue mir die Liste eine Zeitlang an, dann faxe ich sie Kim. Ich spüre, daß ich ihm jetzt ein Fax schulde.

Ob ich wohl eine Liste über das mache, was mich heute begeistert? Ich hole Stift und Papier, aber dann zögere ich.
Ich habe Angst, daß die Liste ziemlich kurz wird.
Ich hätte nie aufhören sollen zu rennen.

Jetzt gehe ich ins Geschäft und kaufe einen Liter Magermilch. Als ich zurückkomme, ist der Hinterhof voller Kinder. Im Hinterhof ist ein Kindergarten. Hatte ich noch gar nicht bemerkt.
Ein Junge auf einem winzigen Fahrrad mit Stützrädern

kommt zu mir gefahren. Er trägt einen Popeline-Anzug und hat eine Schirmmütze auf. Und über der Schirmmütze trägt er einen blauen Fahrradhelm. Er schaut mich an und die Milch, die ich gekauft habe. Er fragt mich, ob mir das coole rote Fahrrad gehört. Ich nicke zu meinem Fahrrad hinüber, das da am Zaun steht, und frage, ob er das meint. Ja, das meint er.
Ja, das ist meins, sage ich.
Der Junge ist voller Bewunderung. Er sagt, er wünscht sich auch so ein Fahrrad.
Wir gehen zu meinem Fahrrad hin und schauen es an. Es steht da und ist rot. Der Junge befühlt den Rahmen.
Woher er gewußt hat, daß das mein Fahrrad ist?
Er hat gesehen, wie ich es angeschlossen habe, meint er.
Und er erzählt, daß er im Nachbarhaus wohnt. Ganz oben.
Dann hast du's nicht weit in den Kindergarten, sage ich.
Er nickt.
Ich habe auch gesehen, wie du mit dem Ball gespielt hast, sagt er.
Bist du so spät noch auf?, frage ich.
Manchmal, sagt der Junge.
Ich frage, wie er heißt, und er sagt, er heißt Børre.
Dein Fahrrad ist auch ziemlich cool, sage ich.
Børre sagt, daß das Fahrrad nicht ihm gehört.
Es gehört dem Kindergarten.

Dann sagt Børre eine Zeitlang nichts. Dann fragt er, ob ich auch immer einen Fahrradhelm trage.
Ich würde gern lügen und ja sagen, aber ich verkneife es mir. Ich komme doch nicht damit durch. Ich sage, daß ich keinen Helm trage. Das mußt du aber, sagt Børre. Er fin-

det, ich sollte mir schleunigst einen Helm kaufen, am besten gleich heute.
Er erzählt, daß der Papa von einem der Kinder aus dem Kindergarten beim Radfahren mit einem Auto zusammengestoßen ist. Er hatte keinen Helm auf und mußte tagelang im Krankenhaus liegen.
Ich sehe ein, daß das ein ausgezeichnetes Argument ist.
Du hast recht, Børre, sage ich. Ich werde mir einen Helm anschaffen.

Børre fragt, ob ich jetzt radfahren will. Nein, will ich nicht. Ich will hochgehen und Milch trinken. Er ist neugierig, ob ich später radfahren will. Ich weiß nicht. Vielleicht heute abend, sage ich. Børre hat Lust, mir beim Radfahren zuzusehen, aber heute abend ist er nicht mehr im Kindergarten, sagt er.
Vielleicht siehst du mich vom Fenster aus, sage ich.
Vielleicht, sagt Børre.
Er sieht mir nach, wie ich zur Treppe gehe. Als ich mich umdrehe, winkt er mir zu.

Später fällt mir ein, ich hätte Børre auf mein Fahrrad heben und ihn im Hinterhof herumschieben sollen.
Das hätte ihm sicher Spaß gemacht.

DER MEISTER

Einmal habe ich gespielt, bis ich ohnmächtig wurde.
Ich hatte kurz vorher Abfahrtski bekommen und war so sehr damit beschäftigt, daß ich zu essen vergaß. Den lieben langen Tag lief ich Ski, ohne was zu essen.
Am Ende wurde ich vor Erschöpfung ohnmächtig und sauste gegen einen Laternenpfahl: Gehirnerschütterung.
Papa fuhr mich ins Krankenhaus.
Der Arzt sagte, es sei sehr schön, so lange zu spielen, aber ich müßte dran denken, manchmal auch was zu essen.
Ich war ohnmächtig geworden, weil ich etwas so Schönes machte, daß ich keine Zeit für eine Pause hatte.
Da ist etwas unglaublich Gutes dran.
Diese Begeisterung.
Die ist ziemlich weit weg.

In den letzten Tagen ist meine Laune eher schwankend gewesen.
Ich versuche, mir ein Bild von meiner Situation zu machen, aber die Puzzlestücke wollen nicht richtig zueinander passen. Ich finde nicht heraus, wo genau ich bin.
Viel hat sich verändert im Lauf der letzten Wochen.
Die Tage sind anders geworden. Die Nächte auch.
Aber ich bin nicht zufrieden. Noch nicht. Ganz klar, eine Handvoll absolut wesentlicher Sachen fehlt noch.

Ich habe keine Ahnung, wo ich spielen soll.
Aber ich habe den Ball.
Zum Glück habe ich den Ball.
Jeden Abend werfe ich ihn ziemlich lange an die Wand.
Noch ungefähr ein Monat, dann kommt mein Bruder zurück. Dann kann ich nicht mehr hier bleiben.
Aber einen Monat habe ich noch.

Zugegeben, ich bin nervös, weil ich nicht weiß, wie es weitergehen soll. Immerhin versuche ich nicht, einen auf cool zu machen.
Ich könnte ja mit bloßem Oberkörper rumlaufen und sagen, es kommt, wie's kommt. Könnte mir eine Zigarette in den Mund stecken und so tun, als wäre nichts. Vielleicht würde der eine oder andere es mir abnehmen. Mädchen zum Beispiel. Kim. Kim würde es mir abnehmen. Aber früher oder später würde ich wieder dasitzen. Im Gras sitzen, den Arm von meinem Bruder oder sonstwem um die Schultern, und weinen.
Denn da stimmt was nicht. Ganz klar, da stimmt was nicht.

Was ich vor allem brauche, ist ein älterer Mann. Ein Lehrmeister. Einer, der mir erzählen könnte, wie die Dinge zusammenhängen.
Er würde mir Sachen zu tun geben, die mir völlig sinnlos vorkämen. Ich würde ungeduldig werden und protestieren, die Aufträge aber trotzdem erledigen. Und allmählich, nach monatelanger harter Anstrengung, würde ich begreifen, daß hinter all dem ein tieferer Sinn steckte, daß der Meister die ganze Zeit lang einen klaren Plan verfolgt hatte.

Auf einmal könnte ich die großen Zusammenhänge überblicken. Alles mögliche durchschauen. Schlüsse ziehen über die Welt und die Menschen. Ich wäre zu Selbstbeherrschung fähig und dazu, aus anderen das Beste herauszuholen, lauter so Zeug. Dann würde der Meister zu mir sagen, jetzt hätte er mir nichts mehr beizubringen, und dann würde er mir etwas schenken. Etwas Großes, vielleicht ein Auto. Und ich würde sagen, das sei zu viel, das könne ich nicht annehmen, aber er würde darauf bestehen, und wir würden wehmütig, aber gefaßt Abschied nehmen. Dann würde ich in die Welt hinausfahren und jemandem begegnen, möglichst einem Mädchen, eine Familie gründen und vielleicht eine Firma, die gute Waren oder Dienste anbietet.
So müßte es gehen. Verflucht noch mal. Natürlich. So und nicht anders.
Aber solche Meister wachsen nicht auf den Bäumen.
Ich bin nie auch nur einem einzigen Meister begegnet.
Alles deutet darauf hin, daß ich mich allein durchschlagen muß.

Ich versuche daran zu denken, zu wem ich aufschaue.
Nicht gerade viele.
Bewundern tue ich:
– Laurie Anderson
– Gandhi
– die Heilsarmee
– Carl Barks
– Astrid Lindgren
– Orson Welles
– Thor Heyerdahl
– Mutter Teresa.

Ich bin überzeugt, es liegt an der Begeisterung. Also daran, daß sie weg ist.
Ich muß sie wiederfinden. Zurückerobern.
Sie ist irgendwo da draußen.
Wahrscheinlich nutzt es nichts, darüber zu reden.
So zenmäßig irgendwie.
Solange ich danach strebe, werde ich es nicht schaffen.
Erst, wenn ich das Streben aufgebe, werde ich es schaffen.
Verfluchte Buddhisten. Kommen sich so verdammt schlau vor.

LEBEN

Ein Mensch, der 70 Kilo wiegt, enthält unter anderem:
– 45 Liter Wasser
– genug Phosphor für 2200 Streichhölzer
– Fett für rund 70 Stück Seife
– genug Eisen für einen zweizolligen Nagel
– Kohlenstoff für 9000 Bleistifte
– einen Löffel Magnesium.

Ich wiege mehr als 70 Kilo.

Und ich erinnere mich an eine Fernsehserie namens »Kosmos«. Carl Sagan, der Moderator, lief in einer Dekoration herum, die nach Weltraum aussehen sollte, und nahm große Zahlen in den Mund. In einer Folge saß er vor einem Behälter, der all die Stoffe enthielt, aus denen der Mensch besteht. Er rührte mit einem Stöckchen in dem Behälter herum und war ganz gespannt, ob es ihm gelingen würde, Leben zu erschaffen.
Es gelang ihm nicht.

DER WALD

Es ist Frühling.
Auf einmal ist es warm.
Heute habe ich im Schrank von meinem Bruder Bikershorts gefunden. Und ein T-Shirt.
Ich habe mir ein paar Brote geschmiert und Wasser in eine leere Sprudelflasche gefüllt. Den Ball habe ich auch eingepackt.
Dann bin ich in den Wald geradelt. Jetzt bin ich im Wald.
Hier ist es ganz still. Es ist ein Wochentag, also ist sonst niemand unterwegs. Alle arbeiten. Oder studieren.
Von mir aus.

Wie gesagt, ich habe ein ziemlich gutes Fahrrad. Mit vielen Gängen. Und mit Geländereifen. Ich komme überall durch, wo ich will. Bin ein totales Fahrrad-As.
Bevor ich es kaufte, habe ich jede Menge Prospekte und Kataloge von führenden Fahrradherstellern studiert. Ich sehe mir gern Fotos von Fahrrädern an und stelle mir vor, wie ich im Sattel aussehen würde. Einer der Prospekte stammte von einem Typ namens Gary Fisher. Aus Kalifornien. Gary prahlte, er hätte das Mountainbike erfunden. Na, kann schon sein. Er hat einen großen, teuren Katalog mit Fotos von vielen tollen Rädern gemacht, mit lau-

ter technischen Daten, und dazwischen eingestreute Zitate, Sachen, die er selber gesagt hat.
Auf einer Seite steht: »Anybody who rides a bike is a friend of mine.«
Das gefällt mir.
Ich spüre, daß alle Radfahrer meine Freunde sind. Eine einzige große Familie.
Wenn ich andere Radfahrer treffe, sage ich manchmal hallo.
Aber heute bin ich allein im Wald.
Auch schön.

Als ich loswollte, kam Børre an. Er fragte, ob ich mir einen Helm gekauft hätte.
Ich sagte, ich würde einen kaufen, wenn ich Geld bekäme.
Er erinnerte mich daran, was dem armen Kindergarten-Papa passiert war.
Ich nickte und sagte, ich würde aufpassen.
Aber ich passe nicht besonders auf.
Es macht Spaß, über die Waldwege zu brettern.
Manchmal hüpfe ich über Wurzeln oder Steine.
Als ich Børre erzählte, daß ich in den Wald fahren wollte, sagte er, sein Papa hätte mal einen Elch gesehen. Er war ganz stolz.
Ich habe auch schon Elche gesehen, aber ich brachte es nicht über mich, ihm das zu sagen.
Wir haben verabredet, daß ich ihm erzähle, was für Tiere ich im Wald sehe.
Bis jetzt nicht mehr als ein Pferd und ein Eichhörnchen.

Ich trete in die Pedale, bis ich schwitze, dann halte ich

an einem Teich und bade. Obwohl jetzt im April das Wasser noch kalt ist.
Während ich an der Sonne trockne, werfe ich den Ball in die Luft. Ich liege auf dem Rücken und werfe ihn in die Luft. Meistens fange ich ihn wieder auf, aber manchmal hüpft er weg. Dann muß ich aufstehen und ihn holen.
Jetzt ist er einmal zu oft weggeflogen.
Kein Nerv, ihn zurückzuholen.
Der muß jetzt warten, bis ich trocken bin.

Ich denke nach, was eigentlich schiefgegangen ist.
Wahrscheinlich ziemlich wichtig, das herauszufinden.
Meine Eltern haben sich anständig benommen. Denen mache ich keine Vorwürfe. Auf der Schule ist es mir auch gutgegangen. Niemand ist böse zu mir gewesen. Jedenfalls nicht über längere Zeit.
Ja, es hat schon mal wer was Häßliches zu mir gesagt oder so was, aber dann habe ich ihm einen Tritt gegeben oder ihn in den Bauch geboxt. Mehr ist nicht passiert.
Es muß was anderes gewesen sein.

Aus irgendeinem Grund habe ich den Verdacht, daß ich zuviel über Dinge weiß, bei denen so viel Wissen völlig hirnverbrannt ist. Ich weiß wahnsinnig viel.
Zum Beispiel über:
– Film
– Literatur
– Medien
– Politik
– Stars
– Kunst
– Reklame

– Aerodynamik
– die Informationsgesellschaft
– Roland Barthes
– Computer
– Geschichte
– Sprache
– Musik
– Supermodels
– die Sahara.

Und wenn ich sage, ich weiß viel, dann meine ich: viel.
Ich weiß Jahreszahlen, kenne Namen. Hunderte.
Ich weiß, wer als erster auf dem Mount Everest war.
Ich weiß, wer bei den idiotischsten amerikanischen Fernsehserien Regie geführt hat.
Ich kenne eine Untersuchung, die nachweist, daß 1957, ein Jahr, nachdem Brigitte Bardot in »Und immer lockt das Weib« gespielt hatte, sich 47 % aller Gespräche in Frankreich um BB drehten.
Ich weiß: Wenn die Luft auf einen Flugzeugflügel trifft, entsteht auf dessen Oberfläche ein Unterdruck, und deswegen kann ein Flugzeug fliegen.
Ich weiß, was Aristoteles dachte.
Ich weiß, was andere Philosophen über Aristoteles dachten.
Was Claudia Schiffer verdient.
Daß die Zeit auf der Sonne langsamer vergeht.
Wie lange Christo und Jeanne-Claude geschuftet haben, bis sie den Berliner Reichstag einwickeln durften.
Ich kenne das Rezept für Coca-Cola.
Ich weiß unglaublich viel.
Ich bin nicht der einzige, der diese Dinge weiß.

Viele wissen mehr als ich. Ist zum Glück nicht mein Problem.
Mein Problem ist, was ich mit dem Wissen anfangen soll.
Was soll ich bloß damit?
Es ist verwirrend.
Natürlich könnte ich bei Jeopardy mitspielen und eine Reise nach Griechenland gewinnen. Für zwei.
Aber ich habe keine Freundin. Ich müßte allein fahren.
Und vor allem, was soll ich in Griechenland?
Es gibt keinen Grund für die Annahme, daß es mir da anders gehen würde.

So blöd, daß ich den Nutzen gewisser Kenntnisse nicht einsehe, bin ich auch wieder nicht.
Aber ich kann nicht sicher unterscheiden, was wichtig ist und was nicht.
Mir fehlt Orientierung. Übersicht.
Wie kriegt man Übersicht?
Vielleicht kommt die mit dem Alter? Vielleicht aber auch nicht. Soll ich rumlaufen und warten wie ein Idiot?

Ich hätte nie lesen und schreiben lernen sollen.
Eine Freundin von meinen Eltern hat erzählt, als sie klein war, sei sie immer in eine Art Verein gegangen, ich weiß nicht genau. Irgendwas, wo die Kinder spielten und sangen oder so.
Sie dachte, der Verein würde »Spielmaus« heißen, und sie war stolz, daß sie dazugehörte, denn sie fand das einen schönen Namen.
Als sie lesen lernte, mußte sie feststellen, daß sie sich geirrt hatte; der Verein hieß in Wirklichkeit ganz einfach »Spielhaus«.

Sie war wahnsinnig enttäuscht.
Genauso geht es mir.

Es muß schon angefangen haben, als ich im Fernsehen Kinderstunde sah.
Immer von wegen, heute lernen wir eine neue Zahl, und wenn der kleine Zeiger bei der Fünf ist, dann muß es was mit fünf Uhr sein.
Die Kinderfernsehtante hat mir einen Bärendienst erwiesen.
Heute kenne ich alle Zahlen und Buchstaben, lese mordsschnell. Ich frage mich nur, was ich damit soll.
Ist jetzt wahrscheinlich zu spät, um darüber zu diskutieren. Vielleicht ziemlich doof.
Passiert ist passiert.
Ich kann nicht so tun, als wüßte ich nicht, was ich weiß.
Aber es ist überflüssiger Mist. Wirklich.
Gib mir einen Ball.
Gib mir ein Fahrrad.
Das sind Größen, die ich verkrafte.

Als ich nach Hause fahre, sehe ich das Pferd noch einmal. Es ist braun.

DIE TIERE

Als ich das Fahrrad anschließe, kommt Børre wieder an. Der Kindergarten ist für heute zu Ende. Jetzt spielt er allein. Er baut Häuser im Sandkasten, und ich soll ihm helfen. Ich sage, erst muß ich hoch, mich umziehen und was essen, aber dann komme ich wieder runter.

Kim hat gefaxt.
Schon länger her, daß ich von ihm gehört habe. Er schreibt, er hätte viel zu tun gehabt. Die meteorologischen Verhältnisse da oben waren offensichtlich spektakulär. Aber jetzt ist es vorbei. Heiteres Wetter, nordöstliche Brise. Teilweise bewölkt.
Kim hat frei.
Meine Liste von dem, was mich als Kind begeistert hat, hat ihn zu einer eigenen Liste inspiriert. So sieht sie aus:

– Detektivarbeit
– Tarzan
– ein Mädchen im Kindergarten mit langen Wimpern, sie hieß Jannicke
– noch ein Mädchen im Kindergarten, Vibeke; die hatte auch lange Wimpern
– Spionage
– Äpfel klauen
– Legosteine

– der Weltraum
– Superman
– Kinderstunde im Radio
– Geburtstag haben
– Geschenke
– Theater
– Adventskalender
– ein blaues Tretauto
– im Sommer auf die Bäume klettern
– Hütten bauen
– Matchbox-Autos anzünden
– ein anderes Mädchen, die hieß auch Vibeke, wohnte ein Haus neben uns, war älter als ich und hat mir das Radfahren beigebracht
– Radfahren.

Ich mag Kims Liste.
Sie enthält einige Punkte, die auch auf meine Liste gehört hätten, aber ich finde, die kann ich jetzt nicht mehr verändern. Bei Kim klauen, das ginge zu weit. Aber Radfahren und als Detektiv arbeiten, das hätte auf jeden Fall dazugemußt. Ich begreife nicht, wie ich das beides vergessen konnte.
Aber das mit den Mädchen wäre für mich absolut nicht in Frage gekommen. Die waren mir lange völlig egal. Ich war mit Mädchen befreundet, aber darüber, daß das Mädchen waren, habe ich mir nie Gedanken gemacht, und schon gar nicht darüber, ob sie lange Wimpern hatten oder kurze.
Ich glaube, aufgewacht bin ich erst, als mich mal ein Typ im Bus gefragt hat, ob ich ein Junge bin oder ein Mädchen. Idiot.

Legosteine und den Weltraum haben wir beide. Wäre ja auch gelacht gewesen.
Aber ich glaube nicht, daß Kacke und Pisse Kim nicht beschäftigt haben.
Das hat er sicher nur vergessen.
Kann ja mal passieren.

Als ich runterkomme, sitzt Børre immer noch im Sandkasten. Er summt ein Liedchen, das ich nicht richtig erkennen kann. Auf dem Kopf hat er den Fahrradhelm. Vielleicht sind seine Eltern streng. Børre hat viele zylinderförmige Häuser gebaut. Wahrscheinlich mit dem Eimer; Sand rein, festgeklopft und umgedreht. So was ergibt Häuser.
Er fragt mich, ob ich vielleicht Lust habe, ein System von Straßen und Brücken zu bauen.
Klar habe ich.
Eine Zeitlang sitzen wir da und bauen und plaudern. Schön ist das. Entspannend.
Børre findet, ich kann das gut.
Ich sage, er kann das auch gut.
Wir können das beide gut.

Dann fragt er, was für Tiere ich im Wald gesehen habe.
Ein Pferd und ein Eichhörnchen.
Nur zwei?, fragt Børre.
Er findet das wenig. Der Wald ist doch voll von Tieren.
Das Gespräch dreht sich mehr und mehr um Tiere.
Eine gewisse Konkurrenz kommt auf. Wer von uns beiden hat mehr Tiere gesehen?
Ich sage, ich habe wahrscheinlich insgesamt mehr Tiere gesehen als er, schließlich bin ich zwanzig Jahre älter.

Schon bevor er zur Welt gekommen ist, hatte ich tonnenweise Tiere gesehen, sage ich.
Er fragt, ob ich auch schon Biber gesehen habe.
Ja.
Rentiere?
Ja.
Auerhähne?
Ja.
Bären?
Nein.
Børre hat aber Bären gesehen. Im Zoo.
Na ja, im Zoo natürlich, sage ich. Im Zoo habe ich auch schon Bären gesehen. Ich hatte gedacht, Zoos gelten nicht.
Børre sieht keinen Grund dafür, daß Zoos nicht gelten sollen.
Dann können wir auch gleich Tiere dazu nehmen, die wir im Fernsehen gesehen haben, meine ich.
Børre fragt, ob ich verkabelt bin.

Nach ein bißchen Hin und Her ist Børre einverstanden, Zoos außen vor zu lassen. Wir einigen uns auf Tiere, die wir in ihrer natürlichen Umgebung gesehen haben.
Erst hatte ich gemeint, wir nehmen Tiere, die wir in Wirklichkeit gesehen haben, aber Børre hat mich sofort unterbrochen und gemeint, Zoos gehören auch zur Wirklichkeit.
Stimmt auffallend.
Zum Ausgleich für den Altersunterschied sollen auch die Tiere zählen, die Børres Papa gesehen hat. Finde ich sehr in Ordnung. Der Vorschlag stammt übrigens von mir. Trotzdem bin ich mir ziemlich sicher, daß ich gewinne.

Als ich Børre frage, ob er weiß, was sein Papa alles für Tiere gesehen hat, nickt er bloß. Er hält es wohl für unvorstellbar, daß sein Papa Tiere gesehen hat, ohne ihm davon zu erzählen.
Wir machen ab, daß wir eine Liste aufschreiben, aber nur mit einem Exemplar jeder Art, unabhängig von Geschlecht und Alter. Also nicht Hengst und Stute und Fohlen.
Nur einfach Pferd.
Mir wäre es am liebsten, wir lassen alle Tiere weg, die sowieso jeder schon mal gesehen hat, sonst gelten ja alle gewöhnlichen, öden Viecher auch, Hunde oder Katzen. Oder Kühe.
Aber Børre findet, wir sollten keine Unterschiede machen. Ein Tier ist ein Tier, meint er. Hunde können ja nichts dafür, daß sie gewöhnlich sind.
Nee, stimmt, sage ich.

Die folgenden Tiere haben Børre oder sein Papa gesehen:
– Pferd
– Schlange
– Huhn
– Wal.

Ich unterbreche ihn und frage, ob das mit den Walen sein Papa war.
Ja, das war er.
Ich frage Børre, ob er sicher ist.
Er nickt und fährt fort:
– Schwein
– Ziege
– Schwan

– Elch
– Rentier
– Reh
– Hirsch
– Dorsch.

Moment mal, sage ich. Dorsch ist doch kein Tier, sondern ein Fisch.
Na und?, fragt Børre.
Ich stöhne und meine, dann müssen alle anderen Fische ja auch gelten.
Natürlich, sagt Børre.
Was denn sonst.

– Schellfisch
– Seelachs
– Lachs
– Hai.

Na, na, sage ich. Jetzt lügst du aber. Kann ja sein, daß dein Vater Wale gesehen hat, aber einen Hai ... Fast kein Mensch bekommt Haie zu Gesicht.

Aber natürlich hat Børres Papa Haie gesehen.
Wo denn?
In Australien oder so, sagt Børre.
Ich zucke mit den Schultern. Nichts zu machen wahrscheinlich.
Dann hat er wohl auch Känguruhs gesehen?, frage ich mit einem gewissen Sarkasmus.
Ja, sagt Børre.

– Känguruh
– Adler
– Schildkröte
– Igel
– Moschusochse
– Taschenkrebs
– Schaf
– Eichhörnchen
– Fischotter
– Hamster
– Specht
– Katze
– Eule
– Frosch
– Fuchs
– Hase
– Auerhahn
– Dachs
– Vögel.

Ich hätte mich nie darauf einlassen sollen. Zum Glück wird er jetzt ein bißchen langsamer. Zum Glück kann Børre nicht die Namen von allen möglichen kleinen Singvögeln.

– Kuh
– Schneehuhn
– Hermelin
– Hund.

Er ist still. Lange.
Jetzt denkt Børre nach.
Ich kann sehen, daß er ein bißchen unsicher wird.

Dann sagt er noch was.

– Tiger.

Tiger?
Børre nickt.
Das glaube ich dir nicht, sage ich.
Es stimmt aber, sagt Børre.
Ich frage, wo sein Papa den gesehen hat.
In Afrika.
Reingefallen! Jedes Kind weiß, daß es in Afrika keine Tiger gibt.
Jedes außer Børre.
Ich sage, Børre soll mal schnell hochgehen und seinen Vater fragen, ob der wirklich einen Tiger gesehen hat.
Recht muß Recht bleiben.

Børre geht zur Haustür. Kleinlaut. Ich kann sehen, daß er sich seiner Sache nicht sicher ist.

Nach ein paar Minuten kommt er wieder runter. Erleichtert. Sein Papa ist nicht in Indien gewesen. Er hat keine Tiger gesehen, aber dafür einen Eisbär. Auf Spitzbergen.
Und Børre zeigt mir ein Foto, das sein Papa von dem Eisbär gemacht hat. Er sieht gefährlich aus.
Verglichen mit so einem Papa habe ich nicht viel zu bieten. Ich streiche den Tiger von der Liste.
Warum hast du das behauptet?, frage ich.
Ich wußte, da war noch was, das ich vergessen hatte, sagt Børre.
Ziemlich gute Antwort, finde ich. Er hat's versucht. Gehört zum Spiel.

Jetzt schreibe ich das letzte Tier auf die Liste:
– Eisbär.

Das war's. Jetzt also die Tiere, die ich gesehen habe. Ich gehe die Liste von Børre und seinem Papa durch. Bis auf Hai, Wal, Eisbär, Känguruh und Fischotter habe ich auch alle gesehen. Wieso um Himmels willen habe ich noch nie einen Fischotter gesehen?
Dafür habe ich Biber gesehen, und außerdem eine Reihe anderer Fische und Vögel, aber das hat Børres Vater wahrscheinlich auch, wenn wir genauer nachfragen. Dazu habe ich keinen Nerv, also halte ich den Mund.
Børre und sein Papa haben gewonnen.
Børre hebt die Arme. Da kann man nichts machen.

Rein neugierhalber erkundige ich mich, welche von den Tieren Børre selber gesehen hat.
Nicht sonderlich viele, wie sich herausstellt.
Pferd, Huhn, Katze und Hund, Kuh, Fuchs, Dorsch und Seelachs.
Und ein paar Vögel, deren Namen er nicht kennt.
Acht Tiere und ein paar Vögel.

Børre ist zufrieden, daß ich weniger Tiere gesehen habe als er und sein Papa.
Er fragt, ob ich mit hochkommen und mit seiner Modellautobahn spielen will. Es klingt lustig, aber ich bin müde. Außerdem verspüre ich kein Bedürfnis, dem weitgereisten Papa zu begegnen.
Ich sage, ich werde darüber nachdenken.
Vielleicht ein andermal?
Jederzeit, sagt Børre.

VIER

Jetzt sehe ich einen Videoclip im Fernseher von meinem Bruder.
Ich sehe fast nie fern, aber jetzt sehe ich einen Videoclip.
Ein super Clip ist das.
Die Sängerin heißt Alanis oder so.
Sie singt beim Autofahren. In Amerika. Sie macht einen Ausflug, zusammen mit drei Freundinnen.
Alanis trägt eine braune Jacke und eine dunkelrote Mütze, die Freundin auf dem Beifahrersitz einen dunkelroten Pullover, und die beiden auf der Hinterbank tragen auch Pullover, die eine einen grünen, die andere einen gelben.
Der Song ist prima. Er handelt so in etwa davon, daß wir wenig Kontrolle darüber haben, was mit uns geschieht.
Die Textpassagen sind eher still, aber der Refrain geht mächtig zur Sache. Ich wippe im Takt der Musik mit dem Rücken gegen die Stuhllehne. Jetzt kommt wieder der Refrain.
Auf einmal entdecke ich, daß alle vier Mädchen dieselbe sind. Alle sind Alanis. Man sieht immer nur eine auf einmal. Sie spielt alle zusammen, nur mit verschiedenen Pullovern. Sie ist mit sich selbst unterwegs. Und sie begegnet ihrem eigenen Blick im Rückspiegel, während sie singt. Sehr charmant.

Wie es aussieht, geht es ihr saugut.
Die Alanis auf dem Beifahrersitz ist die hübscheste.
So ein Mädchen wünsche ich mir.
Sie hat keine Sorgen. Nur Spaß. Nimmt's, wie's kommt.

Während ich ihr zusehe, habe ich verschiedene Gedanken.
Der erste: Ich sollte nach Amerika fahren und mir ein Auto kaufen. Sieht cool aus. Einfach nur fahren.
Der zweite ist ein Traum: Ich lerne so ein Alanis-Mädchen kennen und wohne dann zusammen mit ihr in einem Haus. Nur wir beide. Ich und sie. Wir wandern am Strand entlang und drehen Steine um, und nach einer Zeit, wenn es dann paßt, machen wir Kinder.
Der dritte: Ich stehe kurz vor dem Examen und habe keine Ahnung, was ich anfangen soll.
Das ist ein Problem für mich.
Am besten werde ich einer, der dafür sorgt, daß die Welt ein bißchen besser wird. Ich weiß bloß nicht, ob das möglich ist. Weil ich nicht weiß, was man dazu tun muß. Es genügt wahrscheinlich nicht, allen Menschen zuzulächeln, fürchte ich.
Das zweitbeste wäre, wenn ich einer werde, der weder so noch so wirkt, durch den die Welt weder besser noch schlechter wird. Wäre vielleicht nicht völlig befriedigend, aber ich glaube, von der Kategorie gibt es viele. Ich möchte nicht allein sein.
Die schlimmste Alternative wäre, einer zu werden, der die Welt schlechter macht. Vielleicht gerate ich ja in die Gesellschaft von verdorbenen, unehrlichen Menschen. Das kann dem Besten passieren. Dann sitze ich in der Tinte. Die Welt wird ein bißchen schlechter, und ich kann den

Leuten auf der Straße nicht mehr in die Augen schauen. Ist schnell passiert so was.

Der vierte Gedanke ist, daß Alanis ganz sicher einen Freund hat, bestimmt einen total coolen Typen.

DAS BRETT

Ich denke an Ferdinand Finne. Das ist ein Maler. Er ist ziemlich alt, sieht aber immer noch unverschämt gut aus und ist offenbar den ganzen Tag lang bester Laune, während er da seine Bilder malt, Gärten und Blumen und was noch alles.
Mir hat wer von einem Fernsehinterview mit ihm erzählt. Ist ein paar Jahre her. Er sollte sein Leben beschreiben: Was wäre im Rückblick sozusagen die Essenz? Finne dachte gründlich nach, und dann hat er geantwortet, ihm wäre vor einiger Zeit aufgefallen, daß sein Leben irgendwie einer Reise geähnelt hätte.

Hoffentlich stimmt das. Also daß Finne das wirklich so gesagt hat und ich es richtig wiedergegeben habe.
Es gefällt mir unglaublich gut.
Ich nehme mal an, daß Finne lesen kann. Daß er das eine oder andere von der Welt weiß. Wenn das zutrifft, könnte es bedeuten, daß die Dinge weniger kompliziert sind, als ich fürchte.
Ich hoffe, ich bin imstande, auch so etwas zu sagen, wenn mich in sechzig Jahren wer auffordert, mein Leben zusammenzufassen. Daß ich ein bißchen nachdenke und dann sage, ich fände, man könnte mein Leben mit einer Reise vergleichen. Und daß ich glaube, ich denke diesen Ge-

danken zum ersten Mal. Daß ich selber auf ihn gekommen bin und es wirklich ernst meine.

Vorläufig bin ich absolut nicht imstande, so etwas zu sagen. Dafür gibt es zu vieles, das mich verwirrt. Sachen, die ich weiß. Sachen, die ich denke. Ironie. Sachen, von denen ich denke, ich sollte sie tun, Orte, an die ich reisen sollte. Immer neue Orte.
Manchmal beneide ich die Goldfische.
Deren Gedächtnis reicht wahrscheinlich nur ein paar Sekunden weit, und sie können unmöglich eine Gedankenfolge denken. Sie erleben alles zum ersten Mal. Jedesmal. Solange ihnen selber dieses Handicap nicht bewußt wird, muß ihr Leben ein einziger ununterbrochener Sonnenschein sein. Ein Fest. Von morgens bis abends nichts als Begeisterung. Nachts auch.

Das würde ich malen, wenn ich Maler wäre:
– Fahrräder
– Wüsten
– Bälle
– Mädchen
– Uhren
– Leute, die den Bus verpaßt haben.

Jetzt klingelt das Telefon.
Ich nehme ab.
Es ist mein schlechter Freund, Kent. Ich hab's ja gewußt, es war nur eine Frage der Zeit, bis er mich auftreibt, und ich habe seinem Anruf mit einer gewissen Nervosität entgegengeblickt. Er hat sich bei meinen Eltern erkundigt, und die haben ihm die Nummer von meinem Bruder gegeben.

Jetzt ist nichts mehr zu machen. Er ist in der Leitung. Er will wissen, warum er nichts von mir gehört hat.
In Wahrheit ruft sowieso immer er an. Manchmal glaube ich, das fällt ihm gar nicht auf. Vielleicht denkt er, er und ich rufen abwechselnd an.

Kent arbeitet beim Statistischen Landeszentralamt. Er weiß, wieviel Liter Milch wir Norweger pro Jahr trinken und wie oft die Leute Sex haben. Im Durchschnitt, wohlgemerkt. Und er ist Mitglied von »Mensa«, dem Club für die zwei Prozent (oder wieviel auch immer) der Bevölkerung, deren IQ höher ist als 140 oder irgend so was. Er liebt Aufgaben, mit denen sich der Intelligenzquotient bestimmen läßt. Kleine Müsterchen, die zueinander passen sollen. Assoziationstests. Wieviel Liter Wasser durch so oder so einen Zylinder fließen, und wann die Züge sich begegnen, wenn der südwärts fahrende in Bodø startet und 80 km/h fährt, der nordwärts fahrende mit 84 km/h von Lillehammer aus unterwegs ist, aber 27 Minuten in Trondheim Aufenthalt hat.
Manchmal bringt er solche Tests zu Parties mit.
Die ganze Zeit versucht er, mich zu dem Mensa-Test zu überreden. Er sagt, ich bin ganz sicher nicht dümmer als er und bestehe das Ding glänzend, aber ich weiß, er hofft, daß ich durchrassele.
Nie im Leben werde ich das versuchen.
Kent ist wirklich ein schlechter Freund.
Völlig ungeeignet.
Ich habe mehrfach durchblicken lassen, daß ich ihn für entbehrlich halte, aber er scheint das nicht weiter ernst genommen zu haben.
Ich kenne ihn seit der Grundschule, und wir haben vor lan-

ger Zeit viel Spaß miteinander gehabt. Gar nicht leicht, ihn loszuwerden. Außerdem tut er mir auch ein bißchen leid.

Kents Welt ist voller Zeug, von dem ich meine Welt möglichst frei halten will. Wenn er den Mund aufmacht, kommt meist unangenehmes oder dummes Zeug heraus. Dieser Mensch lebt mit so gut wie gar nichts in Einklang. Am meisten redet er über Mädchen und was er mit ihnen gern tun würde. Er ist Anhänger der bizarrsten sexuellen Praktiken und kann offenbar nicht so ganz deutlich zwischen richtig und falsch unterscheiden. Sachen, die mir erniedrigend und vulgär vorkommen, findet Kent klasse. Ich sehe ihn zum Glück nicht oft, aber das Traurige ist: Mit sich selber hat er noch weniger Kontakt als mit mir.
Für mich verkörpert Kent alles, wovon ich wegkommen will. Die dunkle Seite des Menschen.
Wenn Kent eine Rolle in einem Stirb-Langsam-Film hätte, würde er schon während dem Vorspann unters Auto kommen oder von einem Fahrstuhl zerquetscht werden.
Außerdem redet er zu laut.
Und jetzt ist er am Telefon und erwartet, daß ich was sage. Einen Abend mit Kent kann ich jetzt am allerwenigsten gebrauchen, das wäre das Letzte.
Ein Bier, sage ich. Wir können uns ja auf ein Bier treffen.

Während ich mir die Schuhe zubinde, kommt ein Fax von Kim. Ich bin dankbar, daß es meine Gedanken von Kent ablenkt.
Kim hat auch ein paar Tiere gesehen. Nicht viele. Aber doch einige.
– Hund
– Katze

– Schwein
– Taube
– Möwe
– Krähe
– Spatz
– Graumeise
– Blaumeise
– Hahn
– Huhn
– Fisch
– Krabbe
– Miesmuschel (das Wort hat Kim durchgestrichen)
– Pferd
– Kuh
– Esel
– Dromedar.

Eine ziemlich jämmerliche Liste. Kim hat offenbar ein eher statisches Naturleben geführt. Den nehme ich mal mit, Elche gucken. Ich weiß, wo es welche gibt.

Als ich in die Kneipe komme, sitzt Kent da mit zweien, die ich nicht kenne. Kent erzählt, der eine hat gerade in Physik promoviert und der andere ist frischgebackener Arzt und wird jetzt Psychiater. Ich sage guten Tag.
Kent fragt, was ich so treibe, und ich sage, ich habe die Uni geschmissen und werfe einen Ball an die Wand, weil mir auf einmal alles sinnlos vorkommt.
Diese Neuigkeit ist offensichtlich mehr, als Kent verkraften kann. Er läßt sie an sich vorüberrauschen und erkundigt sich, was für Mädchenbekanntschaften ich in der letzten Zeit gemacht habe. Ich sage, gar keine.

Kent verstummt.
Da kann ich ein bißchen mit den anderen reden.
Der Psychiater fragt, ob ich meine Entscheidungen als brechende Wellen sehe.
Ich frage, ob er Zweifel meint, also daß ich zweifele, wenn ich eine Entscheidung zu treffen habe.
Er meint es so, wie er gesagt hat. Ob ich meine Entscheidungen als brechende Wellen sehe.
Recht besehen, tue ich das wohl. Ich sage ja.
Der Psychiater nickt und sagt, gut so. Wenn ich das nicht täte, wäre ich psychotisch.
Wir trinken einen drauf, daß ich nicht psychotisch bin.

Ich erzähle dem Physiker, daß ich ein bißchen in einem Buch über Zeit gelesen habe. Ich gebe rasch ein paar Stichworte zum besten: Einstein, Relativitätstheorie, Schwerkraft. Und daß es keine Zeit gibt.
Ach was, ist die verlorengegangen?, fragt er.
Ich sage, er soll keine Witze machen. Das ist mir ernst.
Der Physiker sagt, mit der Relativitätstheorie hätte er sich nicht so besonders beschäftigt. Nur gerade so viel, wie es vor ein paar Jahren auf dem Lehrplan gestanden hätte. Die Relativitätstheorie schnallt sowieso kaum einer, meint er. Aber wer sie versteht, findet sie schön und elegant, hat er gehört.
Ich frage ihn, ob er versteht, warum die Zeit an der Spitze des Empire State Building langsamer läuft als im Erdgeschoß.
Er schüttelt den Kopf. Nein, das versteht er nicht. Aber er zweifelt nicht daran, daß es stimmt, und er hat gelernt, so was zu akzeptieren. Damit zu leben. Im großen und ganzen denkt er nicht daran, und mir empfiehlt er dasselbe.

Unaufgefordert fängt Kent an, von einem Mädchen zu erzählen, das er öfter getroffen hat. Eine versaute Geschichte. Ich höre kommentarlos zu, bis er fertig ist. Danach frage ich Kent, wie es ihm im Statistischen Landeszentralamt so geht. Er sagt, es geht ihm gut, ich sage, das freut mich. Dann sage ich, jetzt gehe ich nach Hause, schlafen.
Du kannst ja mal anrufen, sagt Kent.
Klar, sage ich.

Als ich am nächsten Morgen aufwache, spüre ich: Ich muß etwas kaufen, das den Schaden, den die Begegnung mit Kent angerichtet hat, wieder gutmachen kann. Ich fühle mich zwei Schritte zurückgeworfen.
Als das Spielzeuggeschäft aufmacht, habe ich schon gut und gern eine Dreiviertelstunde davorgestanden und gewartet. Und meine Liste ist fertig. Ich will etwas, das:
– mir helfen kann, Aggressionen herauszulassen
– kräftige Farben hat
– sich sehr, sehr oft benutzen läßt
– Geräusche macht
– mich Kent und die Zeit vergessen läßt.

Viel verlangt von einem Ding aus dem Spielzeuggeschäft. Egal von welchem Ding aus egal was für einem Geschäft wäre das viel verlangt. Aber vielleicht klappt's ja trotzdem.
Ich brauche lange. Außer mir ist kein Kunde im Laden. Gespannt folgen mir die Blicke der Verkäufer auf meinem Weg an den Regalen entlang. Ich habe schon gesagt, daß ich keine Hilfe wünsche. Das hier muß ich auf eigene Faust bewältigen.
Der Durchbruch kommt vor dem Regal mit den Spielen

der Firma Brio. Da steht etwas, das ich aus meiner Kinderzeit kenne und das das Potential hat, alle Punkte von meiner Liste zu erfüllen.
Ein Hämmerbrett.
Die Schachtel ist rot und zeigt das Brett und einen kleinen Jungen, der haut. Das Brett ist gelb, auf ihm steht in roten Buchstaben »Brio«. Die Stäbchen, die man durch das Brett schlagen muß, sind auch gelb, die Beine, auf denen es steht, sind blau. Der Hammer ist rot und grün.
Ein gutes Gefühl durchzieht meinen ganzen Körper.
Ich kann mich erinnern, daß das Hämmerbrett ein sehr befriedigendes Spiel ist.
Wenn alle Stäbchen in das Brett eingeschlagen sind, stellt sich ein Gefühl für den Zusammenhang ein. Die Dinge passen zusammen. Sie haben einen Sinn. Dann dreht man das Brett um und fängt wieder zu hämmern an. Es läßt sich unendlich oft benutzen und schenkt einem das Gefühl des Zusammenhangs.
Mehr verlange ich von gar nichts. Weder von Menschen noch von Dingen.
Durch hinreichend langes Hämmern gelange ich vielleicht zu einem Gefühl für Sinn, sowohl auf persönlicher Ebene als auch auf globaler.
Zu verlieren habe ich sowieso nichts.
Jetzt kaufe ich das Brett und radele nach Hause.
Heute soll der erste Hämmertag sein.
Jetzt fange ich an.

VAKUUM

Die letzten Tage habe ich gehämmert und kaum sonst etwas getan. Von morgens bis abends gehämmert.
Eine ausgesucht monotone Aktivität, die mich mit Freude erfüllt. Die Gedanken kommen zum Stillstand. Ich empfinde viel Dankbarkeit für die Firma Brio.

Endlich bin ich unterwegs zu etwas. Ich spüre eine gewisse Energie, wachsende Kraft. Ich habe sogar den Mut gefunden, in dem Buch über die Zeit weiterzulesen.
Jetzt lese ich über das Licht. Es ist verdammt schnell.
Fast 300.000 Kilometer pro Sekunde. Im Vakuum.
In der Atmosphäre ist es eine Spur langsamer.
Ein Meter wird definiert durch die Entfernung, die das Licht in einer 299.792.458stel Sekunde zurücklegt. Im Vakuum.

Ich schicke Kim ein Fax und frage, ob er sich mit dieser Vakuum-Sache auskennt und mir erklären kann, was das ist.

Er antwortet: Vakuum ist nichts. Luftleerer Raum. Mit gar nichts drin. Das ist das Vakuum.
Ich hatte gehofft, es wäre ein bißchen mehr. Aber für sich genommen ist es wohl genug. Es ist nichts, also wäre es

unnötig, es so zu beschreiben, daß es komplizierter wird. Kims Fax bringt einen Lichtblick. Er kennt eine Methode, ein Vakuum herzustellen. Er hat es oft gemacht, schreibt er, an Regentagen.
Ich soll nur einfach ein Marmeladenglas nehmen, es halb mit Wasser füllen und ohne Deckel in den Mikrowellenherd von meinem Bruder stellen, bis das Wasser kocht. Dann soll ich das Glas herausnehmen und den Deckel draufschrauben. Dann passiert da in dem Glas irgendwas mit dem Druck, und schon habe ich ein Vakuum in der Hand.
So einfach ist das.

Ich schaue im Kühlschrank nach und finde ein Glas Blaubeermarmelade, dessen Haltbarkeitsdatum in knapp einem Monat erreicht ist. Ich leere es ins Klo und wasche es mit Seife und heißem Wasser aus. Dann fülle ich es halb mit Wasser und stelle es in die Mikrowelle. Ich schalte »max.« ein und warte.
Jetzt kocht es.

Ich nehme das Glas heraus und warte ein paar Sekunden, daß der Dampf nachläßt. Dann schraube ich den Deckel fest.
Ich habe ein Vakuum gemacht.

In gewisser Weise ist aus der Sache jetzt die Luft raus. Irgendwie nichts, das man anschauen könnte. Aber ich weiß, alles in dem Glas, das kein Wasser ist, ist Vakuum. Seltsam, aber dieser Gedanke ist ziemlich befriedigend. Bin gespannt, was ich damit anfangen werde.
Die ganze Zeit fällt Licht durch das Glas.

Ich habe gelesen, das Licht bestehe aus Partikeln. Photonen. Und jetzt durchqueren die das Glas. Schneller als die Photonen außerhalb des Glases.
Das will ich mir genauer ansehen. Ich nehme das Glas mit ins Badezimmer und mache das Licht aus. Dann mache ich meine Fahrradlampe an und richte sie auf das Glas.
Es ist total still.
Nichts deutet darauf hin, daß sich im Badezimmer von meinem Bruder etwas mit fast 300.000 km/sec bewegt.
Eine vollkommen undramatische Situation, aber dennoch ergreift mich eine Art Ernst.
Das Badezimmer meines Bruders ist kleiner als 300.000 Kilometer. Viel kleiner. Ich kann einfach nicht herausfinden, was mit den Photonen passiert. Bleiben sie an der Wand stehen oder werden sie reflektiert? Sie verschwinden nicht, das ist das einzig Sichere. Paul schreibt, daß nichts verlorengeht.

Wir bleiben ziemlich lange im Badezimmer.
Das Vakuum, die Photonen und ich.
Es ist ergreifend.

Nach einiger Zeit mache ich die Fahrradlampe aus und verlasse das Bad. Das Vakuumglas stelle ich ins Fenster. Da kann es stehen und den Photonen, die Glück haben und es treffen, eine Überraschung bereiten.
Ich fühle mich gut. So ungefähr dasselbe Gefühl, wie wenn ich die Vögel gefüttert habe oder wie wenn ich einem, der weniger Geld hat als ich, welches gegeben habe.
Dann setze ich mich wieder an das Brett und hämmere durch bis zu den Abendnachrichten.

DER VOGEL

Hier ist eine andere Geschichte.
Auch eine von einer guten Welt.
Sie spielt, bevor ich geboren wurde.
Mein Bruder und meine Eltern machten Ferien in Dänemark. Sie hatten ein Haus am Strand gemietet.
Ich weiß nicht, wie alt mein Bruder in dem Sommer war, aber ich glaube, er war noch recht klein. Sieben vielleicht.
Er lief herum und badete und warf Stöckchen und andere Sachen ins Wasser.
Ist ihm sicher gutgegangen.
Eines Tages fand er einen Vogel, der sich verletzt hatte.
Ich glaube, es war eine junge Möwe. Sie lag einfach da.
Konnte nicht mehr fliegen.
Mein Bruder hatte keinerlei Erfahrungen mit Krankheit und Tod. Ihm tat der Vogel leid. Er fand es traurig, daß der da lag und allein und krank war. Er sollte wieder gesund werden und mit seiner Familie losfliegen und fröhlich sein und was junge Möwen sonst so tun.
Mein Bruder nahm sich des Vogels an. Er trug ihn vorsichtig in das Ferienhaus und legte ihn in eine Schachtel auf Watte, gab ihm Wasser und was zu fressen und sprach mit ihm.
Der Vogel war sein erster Gedanke am Morgen und der letzte, bevor er einschlief. Am Morgen lief er gleich hin-

aus, um zu sehen, wie es der jungen Möwe ging, und am Abend sagte er ihr gute Nacht, indem er ihr vorsichtig den Flügel streichelte.
Mein Bruder mochte die Möwe so richtig gern.
Es war wichtig für ihn, daß sie wieder gesund würde.
Meine Eltern hofften das auch. Sie konnten sehen, wie viele Gefühle mein Bruder in das Tier investierte. Sie fürchteten, er würde sehr traurig, falls die Möwe sterben sollte.

Mein Bruder glaubte, der Möwe ginge es jeden Tag besser. Er meinte, er könnte das sehen. Die ganze Zeit erwartete er, daß sie auf einmal gesund wäre und zurück in die Freiheit fliegen würde.
Aber das geschah nicht.

Eines Morgens, als mein Bruder noch schlief, stellte unser Vater fest, daß die Möwe tot war.
Er begrub sie ein Stück vom Haus entfernt.
Als mein Bruder aufwachte, sagte Papa, der Vogel sei gesund geworden und weggeflogen. Er sagte, mein Bruder hätte sich so gut um ihn gekümmert und sei so lieb zu ihm gewesen, und deswegen sei der Vogel jetzt wieder gesund.
Weder er noch Mama brachten es übers Herz, meinem Bruder zu sagen, daß die Möwe tot war.
Vielleicht dachten sie, mein Bruder würde noch früh genug Schlimmes erleben. Sie wollten ihn davor schützen, so lange es ging.
Mein Bruder hatte alles getan, was in seiner Macht stand, um den Vogel zu retten.
Und nun erfuhr er, daß er fortgeflogen war.

Er war froh. Wie schön, an den Vogel irgendwo dort draußen zu denken. Gesund. Und er hatte ihm geholfen. Das einzige, was er ein bißchen dumm fand, war, daß er ihm nicht hatte Lebewohl sagen können.

Mein Bruder muß das Gefühl gehabt haben, daß die Welt gut ist. Daß man etwas ausrichten kann, und daß die Dinge manchmal nicht schlimmer werden, sondern besser.

Mein Bruder glaubt immer noch, daß die junge Möwe gesund wurde und wegflog.
Niemand hat ihm erzählt, was eigentlich geschehen war.

DAS MÄDCHEN

Es ist früh am Morgen, da klingelt es an meiner Tür.
Ich lege das Hämmerbrett beiseite und mache auf.
Draußen steht Børre mit einem Mann, ich nehme an, seinem Papa. Ich bin überrascht, aber bitte sie hinein. Der Papa stellt sich vor, wir geben einander die Hand.
Ich kann sehen, daß Børre geweint hat. Sein Papa ist etwas peinlich berührt. Er fragt, ob ich gerade die Wohnung renoviere.
Ich sage nein. Wie er auf die Frage kommt?
Er hat Hämmern gehört, sagt er.
Ich sage, stimmt schon, ich hämmere dann und wann mal ein Stündchen, wenn ich nichts andres zu tun habe. Nur so für mich. Ganz privat. Und ich zeige ihnen das Brett.
Børres Papa nickt. Er weiß nicht so recht, was er davon halten soll.

Die Sache ist die. Die Familie will nach Lillehammer fahren, Børres kranke Großmutter besuchen, aber Børre weigert sich mitzufahren. Er findet es so traurig. Jetzt wissen sie gar nicht mehr, was sie machen sollen. Børre ist völlig daneben. Er hat lange geweint. Da bin ich dem Papa eingefallen. Børre hat so viel von mir erzählt.
Und von meinem Fahrrad.
Er weiß, es ist viel verlangt, aber egal: ob ich vielleicht

etwas Zeit hätte? Es wäre ihnen eine unglaubliche Hilfe. Die Situation ist ziemlich verzweifelt. Großmutter wäre so traurig, wenn sie nicht kommen.
Ich frage Børre, ob er Lust hat, bei mir zu bleiben.
Er nickt und schluckt.
Ich sage, kein Problem, völlig in Ordnung. Ich habe sowieso keine Pläne für den Tag.
Der Papa ist sehr dankbar.
Sie werden über Nacht in Lillehammer bleiben, aber morgen sind sie zurück.
Ich bekomme die Schlüssel zu Børres Wohnung und erfahre, wann Børre essen und wann er schlafen gehen soll.
Der Papa wiederholt, daß er dankbar ist.
Ich sage, er soll sich keine Gedanken machen, und dann frage ich ihn, wie es war, den Eisbären zu sehen.
Er sagt, es war ungeheuer. Ein riesiges Tier. Sehr, sehr groß.

Dann fahren Børres Mama und Papa mit seiner kleinen Schwester nach Lillehammer. Wir gehen auf die Straße runter und winken ihnen nach.
Jetzt sind nur noch Børre und ich da. Wir müssen uns ausdenken, was wir unternehmen wollen.
Möglichst was Lustiges.

Während ich frühstücke, sitzt Børre am Schreibtisch von meinem Bruder und malt. Er malt ein Rennauto.
Ich sage, er kann gern mal das Hämmerbrett haben, wenn er will, aber Børre will lieber malen. Er braucht lange für das Rennauto. Am Ende malt er es bunt aus.

Als Børre mit dem Malen fertig ist, kommt ein Fax von meinem Bruder. Für Børre grenzt das an ein Wunder. Ein

Mysterium. Er kann nicht begreifen, daß es so etwas gibt. Ein Blatt Papier mit Text darauf kommt mitten ins Zimmer. Er will wissen, woher es kommt. Ich sage, ich glaube, es kommt aus Afrika.
Børre möchte das Fax gern haben.
Ich lese es erst, und dann kannst du es bekommen, sage ich.
Jetzt lese ich das Fax von meinem Bruder.
Es klärt ein Mißverständnis auf.
Er ist nicht in Afrika, sondern in Amerika.
Ich muß die beiden Kontinente verwechselt haben.
Beide beginnen und enden mit A. Und beide sind weit entfernt.
Irgendwie enttäuscht mich das.
Afrika ist sehr viel exotischer als Amerika. Einen Bruder in Afrika zu haben, das ist aufregend. In etwa, wie wenn man Geld auf der Bank hat. Man weiß nie, wieviel es geworden ist, wenn man es abheben geht.
Ein Bruder in Amerika ist sehr viel weniger spektakulär. Alle haben irgendwann irgendein Familienmitglied in Amerika.

Ich erfahre, daß mein Bruder da drüben irgendwas verkauft hat. Er hat gut Geld verdient, und jetzt bittet er mich um einen Gefallen. Es hat was damit zu tun, daß der Dollar gerade sehr günstig zur norwegischen Krone steht. Wirklich äußerst günstig. Mein Bruder bittet mich, für ihn ein Auto zu kaufen.
Er wird sofort ein Auto benötigen, sobald er wieder zu Hause ist, und es wäre gut, wenn alle Formalitäten, Kauf und Zulassung und so, dann schon erledigt wären.
Er bittet mich, ein Auto zu kaufen.

Ich soll ihm sofort meine Kontonummer faxen, dann überweist er soviel Geld, wie ein Auto kostet.

Ich schreibe meine Kontonummer auf die Rückseite von Børres Rennautobild. Außerdem notiere ich einige Fragen betreffs des Wagens. Was für einen Typ will er haben? Welche Farbe? Soll es einer mit Airbag sein?
Dann faxe ich meine Antwort nach Amerika.
Ein paar Minuten später kommt das Rennautobild aus dem Fax, in schwarz-weiß. Børre ist im siebten Himmel. Jetzt hat er zwei Rennautobilder in der Hand, ein Original und eine Faxkopie der zweiten Generation.
Über das Bild hat mein Bruder geschrieben: Was ist das? Und wo ist die Kontonummer?
Ich drehe das Rennautobild um und faxe Nummer und Fragen noch mal.

Mein Bruder antwortet, daß er auf mein Urteil vertraut, was die Marke angeht. Aber es muß ein cooler Wagen sein. Ein Statussymbol. Frisch und sportlich soll er wirken. Rot oder grün. Vielleicht irgendwie oliv. Und mit Airbag. Børre findet es super, daß ich ein Auto kaufen soll. Er findet, am besten ein Rennauto.

Das ist ein großer Auftrag, den mein Bruder mir da gegeben hat. Ich bin geschmeichelt. Ich habe noch nie ein Auto gekauft.

Børre will, daß ich das Rennautobild an seine Großmutter faxe. Ich sage, nur sehr wenige Großmütter hätten ein Fax, aber wir könnten es an ein Postamt in ihrer Nähe senden.

Børre findet, wenn wir es ihr nicht direkt faxen können, dann macht es keinen Spaß.

Wir gehen los, Autos ansehen. Børre und ich.
Erst sehen wir uns die Autos auf der Straße an. Wir schauen durch die Fenster, bis wo der Tacho geht. Für Børre ist das das einzige, was zählt. Er entdeckt einen BMW, dessen Tacho bis 280 geht. Den soll ich kaufen, findet er.

Wir gehen in eine Volvo-Filiale und setzen uns in ein paar Volvos. Der Verkäufer denkt, Børre ist mein Sohn. Er behandelt mich wie einen potentiellen Kunden, führt uns verschiedene Modelle vor und spricht über technische Raffinessen. Sagt, daß Volvo großen Wert auf Sicherheit legt.
Børre prüft den Tacho. Er geht nur bis knapp über 200.
Børre schüttelt den Kopf.
Børre, sage ich, 200 Stundenkilometer ist mehr, als du denkst.

Jetzt machen wir eine Probefahrt mit dem Volvo, auf der E 16. Børre klatscht in die Hände.
Er sitzt in einem Kindersitz, den uns der Verkäufer geliehen hat. Fahren wir jetzt 200?, fragt er.
Fast, sage ich.
Es ist ein guter Wagen. Und grün ist er auch.
Zu Hause werde ich meinem Bruder faxen, daß der Wagen eine gute Straßenlage hat, was auch immer das genau bedeutet.
Ich verlasse die Autobahn und nehme Landstraßen zurück in die Stadt. Es macht Spaß, ein paar Kurven zu fahren.
Wir halten an einem Geschäft und kaufen Eis.
Während wir essen, lese ich die Zettel neben der Ein-

gangstür, Annoncen für Bingo-Abende und Reitstunden. Aber da ist noch ein anderer Zettel.
Ein schöner Zettel. Einer für Børre.
Ich lese ihm den Zettel vor.

Hei,
Ich heiße Jessica. Vielleicht will jemand etwas bei mir kaufen, ich habe nämlich ein paar Sachen in meinem Zimmer, die ich nicht mehr brauche:
Shampoo, Henna, rund 10 cm hohe Flasche, Preis 10 Kronen.
Körperlotion, Melone, rund 8 cm hohe Flasche, Preis 5 Kronen.
Zwillingstrolle mit langem, weißem Haar und Schlüsselring, einer hat einen Stern auf dem Bauch, Preis 5 Kronen beide.
Stempel (Päckchen und Blume), 10 Kronen zusammen.
Weiße Perlenohrstecker, unbenutzt, 10 Kronen.
Brosche, unbenutzt, 5 Kronen.
Power-Rangers-Bilder in einer Schachtel, rund 10 cm lang, voll mit Bildern, 20 Kronen.
Spardose mit Duffy Duck drauf, 5 Kronen.
Figuren aus Überraschungseiern, 3 Löwen (2 gleiche), ein Frosch, eine Schildkröte, zusammen 10 Kronen.
Bunte Spiralfeder, elastisch und formbar. Kann Treppen hinuntergehen. 10 Kronen.
Ein Elefant (Zahnstocherbecher aus Porzellan), 10 Kronen.
Wenn du interessiert bist, ruf an und frag nach Jessica: 22 47 45 64.

Børre ist interessiert.
Nicht an dem Mädchenkram, aber an den Power-

Rangers-Bildern und vielleicht an noch etwas. Er weiß nicht richtig. Er muß es erst ansehen.
Wir gehen zu einer Telefonzelle und rufen an. Børre spricht. Ich höre, wie er fragt, ob Jessica zu Hause ist. Jetzt wird er wohl gefragt, wer da anruft. Børre sagt, er ruft an. Børre.
Jessica und er reden eine Zeitlang miteinander. Børre sagt ein paarmal ja und ein paarmal Power-Rangers. Dann bekommt er die Adresse und legt auf.
Die Perlenohrstecker und die Brosche sind verkauft, der Rest nicht.
Børre ist Feuer und Flamme.

Jessica wartet auf der Treppe. Sie ist ungefähr zwölf und trägt einen Zopf. Ihre Eltern sind auch zu Hause. Und ihre ältere Schwester; sie sieht dem Mädchen ähnlich, das ich in dem Video-Clip gesehen habe, wo es singt und Auto fährt. Ungefähr in meinem Alter, wie es scheint.
Wir reichen einander reihum die Hand.
Jessicas Vater interessiert sich für den Volvo. Er stellt fest, daß es das neueste Modell ist.
Børre und Jessica verschwinden in Jessicas Zimmer.
Mir bietet man Kaffee und Plätzchen an.
Den Eltern ist es etwas peinlich, daß Jessica den Zettel ausgehängt hat. Sie haben Angst, die Leute könnten meinen, sie hätten das nötig und Jessica bekäme kein Taschengeld. Sie erklären, daß das nicht der Fall ist.
Ihnen geht es nicht schlechter als anderen Leuten, sagen sie.

Als Jessicas Mutter mir Kaffee einschenken will, muß ich sagen, daß ich keinen Kaffee trinke. Sie fragt, was ich

denn trinken möchte, und ich sage, Wasser oder Limo wäre schön. Oder Saft. Sie verschwindet in der Küche.
Jessicas Vater bemerkt, es sei ja ungewöhlich, daß einer keinen Kaffee trinkt.
Da hat er selbstverständlich recht.
Diese Diskussion führe ich jedesmal, wenn jemand feststellt, daß ich keinen Kaffee trinke.
Ich erkläre, ich wollte ja gar nicht ausschließen, daß ich irgendwann mit Kaffeetrinken anfange, aber bislang schmeckt er mir einfach nicht. Ich habe eigentlich noch nie welchen getrunken.
Ich hatte manchmal Kaffee im Mund, aber runtergeschluckt habe ich ihn nie.

Jetzt kommt Jessicas Mutter mit einem Glas Orangensaft.
Jessicas Vater redet über Autos. Er hat auch einen Volvo, sagt er. Und mit Volvos sei das so, wenn man erst mal einen hat, komme es überhaupt nicht mehr in Frage, eine andere Marke auch nur auszuprobieren.
Einmal wollte er sich fast einen japanischen Wagen kaufen, aber das hat er seinlassen. Hat irgendwie nichts getaugt.
Aber Volvo.
Das ist ein richtiger Wagen. Wie ein guter Freund. Kein Schrott.
Und er stellt die Kaffeetasse hin und schaut mich an, als wolle er sagen: Volle Fahrt, immer. Und den ganzen Tag Sonnenschein.

Während er redet, sehe ich Jessicas ältere Schwester an. Lise.
Sie blickt nachsichtig auf ihren Vater. Sie ist hübsch.

Ich sage zum Vater, daß ich vollkommen einverstanden bin. Volvo ist gut.
Dann frage ich Lise, was sie so macht.
Sie will Fotografin werden, sagt sie. Sie macht Fotos für ein paar Frauenzeitschriften. Aber lieber will sie eigene Bilder machen.
Ich sage, daß ich auch manchmal fotografiere. Ich habe eine Kamera, sage ich. Nikon.
Die von Nikon sind die besten, sagt der Vater.
Nikon ist in Ordnung, sagt Lise.

Børre und Jessica kommen aus Jessicas Zimmer.
Børre trägt eine Schachtel mit Power-Rangers-Bildern, eine Flasche Henna-Shampoo und eine Spardose in Entenform.
Er lächelt von einem Ohr zum anderen und fragt, ob ich 35 Kronen habe.

Als wir fahren wollen, fragt Jessicas Mutter, ob wir nicht zum Abendessen bleiben wollen. Es ist gleich fertig.
Ich finde, das würde zu weit gehen, außerdem muß ich den Wagen abgeben. Ich sage freundlich nein danke und daß wir leider eine Verabredung haben.
Wir bedanken uns für Saft und Kekse und für das gute Geschäft. Jessica und ihre Familie winken uns nach. Als ich den zweiten Gang einlege, schaue ich noch mal extra zu Lise.
Im Rückspiegel.
Es ist schon länger her, daß ich nach einem Mädchen gesehen und dabei gedacht habe, so eine würde ich gern öfter sehen. Vielleicht sogar jeden Tag.
Aber jetzt denke ich das.

Sie müßte jetzt neben mir sitzen, auf dem Beifahrersitz, in einem roten Pullover. Und wir müßten hierhin und dorthin fahren. Zusammen.
Ich glaube, alles wäre viel schöner, wenn ich eine Freundin hätte.
Ein schrecklich unreifer Gedanke.
Aber ich neige dennoch zu der Ansicht, er könnte stimmen.
Ich will es jedenfalls nicht ausschließen.

Børre ist zufrieden mit dem Tag.
Ich habe ihm ein Geldstück gegeben, und er hat es in seine Spardose gesteckt.
Als ich ihn frage, was er mit dem Henna-Shampoo vorhat, sagt er, er will es seiner Mama schenken.
Ich kann sehen, daß er sich darauf freut.

DER WELTRAUM

Børre schläft jetzt.
Er war sehr müde. Wir haben noch lange mit seiner Modellautobahn gespielt, als er eigentlich schon schlafen sollte.
Ich habe ihn gewinnen lassen.
Und dann haben wir ein Spiel gespielt, das darin besteht, auf ein vorgegebenes Wort ein anderes zu sagen, das erste, das einem einfällt. Sofort.
Ich hatte gehofft, es würde so gehen, daß ich zum Beispiel Sonne sagte und Børre Sommer, aber dazu kam es erst gar nicht. Børre sagte die ganze Zeit immer nur Kacke. Egal was ich sagte, er sagte Kacke. Halbtot hat er sich gelacht.
Aber jetzt schläft er.

Ich bin drüben in der Wohnung von meinem Bruder gewesen und habe nach Amerika gefaxt.
Ich schrieb: Volvo – volle Fahrt, immer. Und den ganzen Tag Sonnenschein. Dann habe ich mir einen Wollpullover genommen.
Jetzt sitze ich auf dem Balkon von Børres Wohnung und trinke Gin Tonic. Seine Eltern haben einen ganzen Schrank voll Flaschen.
Wenn ich mir genug Mut angetrunken habe, möchte ich in dem unheimlichen Buch über die Zeit weiterlesen.

Jetzt lese ich.
Paul schreibt über Einstein.
Ich erfahre, daß Einstein mein Freund ist.
Seine Theorie besagt unter anderem, daß Vergangenheit, Gegenwart und Zukunft Seite an Seite existieren. Das ist eine der Folgerungen aus der Relativitätstheorie. Natürlich begreife ich nicht, wie das gehen soll, aber das spielt keine Rolle. Ich scheiße darauf, wie das gehen soll. Es ist nämlich so: Ich fühle mich etwas leichter, seit ich das gelesen habe.
Ich schenke mir nach und lese weiter.
Es erregt mich ungeheuer, daß die Experten (welche auch immer) uneins sind, was die Zeit nun sein soll. Manche möchten, daß man ein für allemal eine Art universelle Zeit definiert, die dann als Maßeinheit dienen soll, während andere fordern, das Zeitkonzept für untauglich und tot zu erklären, für inexistent. Wir dürfen weiter Uhren haben, dürfen Sekunden und Stunden und Jahre messen, aber die Vorstellung von der Zeit als etwas, das einfach da ist, taugt nichts, finden sie. Diese zweite Gruppe hat meine volle Sympathie. Ich werde für sie werben, soviel ich kann, damit ihre Ansichten sich irgendwann durchsetzen.

All das fasziniert mich immer mehr.
Meine eigene Existenz tritt ein wenig in den Hintergrund.
Ein Blick für den Zusammenhang.
Der Blick für den Zusammenhang sollte etwas sein, das man kaufen und sich intravenös spritzen lassen kann.

Paul hat keine Angst vor großen Gedanken.
Jetzt schreibt er über die Ewigkeit.

Man soll auf keinen Fall vergessen, daß die Ewigkeit nicht nur eine sehr große Zahl ist, schreibt er.
Ewigkeit ist etwas ganz anderes als nur etwas Riesiges, unfaßbar Großes. Wenn das Universum unendlich viel Zeit zur Verfügung hat, bedeutet das nicht nur, daß alles geschehen kann. Es bedeutet, daß alles geschehen wird. Egal, wie unwahrscheinlich es ist oder wie lange es dauert, früher oder später wird es geschehen.
Das bedeutet: Sollte ich ewig leben, dann würde ich mir alles vornehmen und würde alles erleben.
So was wäre nur interessant, wenn mein Gehirn in der Lage wäre, eine unendliche Anzahl Gedanken zu denken. Ehrlich gesagt weiß ich nicht, ob es das schaffen würde.

Ich lege das Buch beiseite und versuche, mir etwas einfallen zu lassen.
Etwas Neues. Egal was.
Ich schließe die Augen und trinke einige Schluck Gin Tonic. Erst denke ich an nichts Genaues, dann denke ich an Lise. Das ist wirklich ein neuer Gedanke.
Guter Anfang.
Aber das war noch nicht alles. Ich sehe Bilder. Einen Mähdrescher und einen Strand. Und einen Fisch. Ich weiß nicht, ob ich das als Gedanken bezeichnen würde, aber neu ist es jedenfalls.
Trotzdem habe ich meine Zweifel, ob meine Phantasie für ein ewiges Leben ausreichen würde.

Jetzt fährt Paul Hard-Core auf.
Er sagt, alles lasse darauf schließen, daß das Universum einen genau bestimmten Anfang hatte und daher auch ein Ende haben wird.

Paul sagt, alles, was wir kennen, wird irgendwann verschwinden.
Das sagt er.
Als Folge des Big Bang dehnt sich das Universum nach allen Seiten aus. Die Kraft, die es dazu bringt, ist groß, aber es gibt Anhaltspunkte dafür, daß die Masse, die das Universum eines Tages haben wird, eine noch größere Schwerkraft bewirken könnte.
Dann würde die Ausdehnung aufgehalten, Sterne und Sonnensysteme und was es alles gibt würden sich wieder zusammenziehen. Alles würde rückwärts laufen und zum Schluß im wahrsten Sinne des Wortes einstürzen.
Paul nennt das den Big Crunch.
Und danach würde nichts mehr passieren. Genauso, wie vor dem Big Bang rein gar nichts passierte, schlicht und einfach, weil es kein »davor« gab, in dem etwas hätte passieren können.
Vielleicht fängt das Universum schon in hundert Milliarden Jahren an, sich wieder zusammenzuziehen, aber es könnte genausogut noch eine Milliarde Milliarden Jahre durchhalten.
Und danach würden wir noch mal so lange Zeit haben, wie das Universum bestanden hat, um unsere Sachen zusammenzupacken und auf das Ende zu warten.
Ich liebe diese Zahlen.
Paul ist ein echter Zahlenteufel.
Irgendwo in dem Buch operiert er mit einer Zahl, die, so schreibt er, eine 1 mit mehreren Millionen Nullen ist. Sie bezeichnet den Abstand – in Lichtjahren – zu einem Himmelskörper oder einem System von irgendwas, das sich ganz woanders als in unserem Sonnensystem befindet.
Außerdem erwähnt er eine Berechnung, derzufolge die

Gesamtzahl der Galaxien im Universum gegen zehn Milliarden geht; eine jede soll rund hundert Milliarden Sterne beinhalten, die so groß sind wie die Sonne.

Diese Zahlen sind derart absurd, daß ich gute Laune bekomme, seltsam, aber wahr.
Das ist alles so gewaltig.
Ich glaube, Paul geht es ähnlich wie mir.
Es gibt so wenig, was ich selber ausrichten kann.
Das wirkt befreiend.
Meine eigene Verantwortung schwindet beträchtlich. Ich kann es regelrecht spüren, genau jetzt. Das Verantwortlichkeitsgefühl nimmt ab. Rasant.
Ich bin so gut wie nichts.
Strenggenommen müßte das wohl ein erschreckender Gedanke sein, aber so erlebe ich es nicht.
Vielleicht spielt mir der Alkohol einen Streich.
Daß das Universum offenbar irgendwann vergehen wird, bedeutet für das eine oder andere natürlich einen gewissen Dämpfer.
Alle Gedanken an ewiges Leben bleiben einem im Halse stecken.
Aber mich scheint das nicht zu quälen. Nicht jetzt.
Ganz im Gegenteil. Ich fühle mich so lebendig wie seit langem nicht.
Auf einmal fühlt es sich gut an, eine Frist zu haben, mit der man rechnen muß. Unter Druck habe ich eigentlich immer gut gearbeitet.

Wenn wir uns also noch ein paar Tausend oder Millionen Jahre auf Erden tummeln dürfen, will ich zufrieden sein.

Danach kann sich von mir aus alles zusammenziehen oder explodieren, so viel es will.
Das Atemberaubende an dem Ganzen ist, daß ich nicht darum gebeten habe, mit von der Partie zu sein. Ich bin einfach da. Alle anderen auch. Wir sind zusammen hier. Haben aber nicht darum gebeten.
Es ist nicht unsere Schuld.

Ich sitze da, schaue in die Nacht und bin höchst poetisch gestimmt, als Børre angetapst kommt.
Er ist aufgewacht, weil er einen ekligen, gefährlichen Traum hatte. Er setzt sich mir auf den Schoß, und ich wikkele ihn in den Pullover. Ich streichele ihn und sage, er bräuchte keine Angst zu haben. Es war nur ein Traum. Und morgen ist ein neuer Tag. Børre reibt sich die Augen und fragt, ob ich ein Lied kann.
Klar kann ich. Ich kann *Das weiße weiße Pferdchen*. Gibt kaum was Netteres.
Wie der Junge lächelnd in den Stall kommt und sagt, schönen Gruß vom Vater, der liebe alte Schimmel darf nun ausruhen. Da fühle ich mich wieder genauso geborgen wie als Kind, wenn sie mir das Lied vorgesungen haben. Ein schönes Leben ab heute. In Ruhe fressen, in Ruhe stehen, nur noch manchmal im Kreise gehen, den Kinderlein zur Freude.

Ich trage Børre ins Bett zurück und lege mich neben ihn, bis er eingeschlafen ist. Dann setze ich mich wieder auf den Balkon. Mit einem Glas Wasser.
Ich schaue über die Stadt. Die Menschen schlafen.
Ich nehme Wasser in den Mund und schlucke es nach und nach herunter.

Wasser ist was Gutes.
Wenn ich mich zwischen allen Dingen entscheiden müßte, würde ich ziemlich sicher Wasser wählen.

Mir geht es besser als seit langem.
Erst der Ball, dann das Hämmerbrett, und jetzt das hier, all die großen Zahlen. Das gute Gefühl, die Verantwortung los zu sein.
Vielleicht geht es bergauf.
Vielleicht schaffe ich es.
Und während es hell wird, sitze ich da und denke, daß ich ein guter Kerl bin und daß der Weltraum und die Zeit und das alles mir doch gestohlen bleiben kann.

CRAZY LOVE

Ich sitze vor dem Fernseher und warte, daß der Kater nachläßt, damit ich wieder hämmern kann. Ich habe schon versucht, einen Lappen um den Hammer zu wikkeln, aber es war trotzdem zu laut. Die sollten mal überlegen, ob sie die Stäbchen, die man in das Brett schlägt, nicht besser aus Holz machen sollten statt aus Plastik.
Es wäre so toll, jetzt zu hämmern. Ich könnte den Gedanken von heute nacht noch mal vorsichtig verfolgen. Aber ich muß warten.
Jetzt dreht sich alles im Kreis. Die ganze Sache mit dem Weltraum. Ich hatte doch eigentlich gedacht, das könnte mir alles gestohlen bleiben.
Heute morgen sieht das ganz anders aus.
Hybris.

Børres Eltern waren so dankbar, daß sie sich gar nicht mehr eingekriegt haben. Sie wollten mir Geld geben, aber ich sagte, das komme nicht in Frage, außerdem hätte ich mich an ihren Getränken schadlos gehalten.
Børre wollte nicht, daß ich nach Hause ging.
Guter Junge.

Fernsehen ist was Feines.
Ich sollte öfter fernsehen. Es lenkt mich auf angenehme

Weise ab. Ich weiß nicht genau, welche Gedanken meine eigenen sind und welche aus dem Fernseher stammen. Tierfilme sind das Schönste.

David Attenborough erklärt, daß die Natur ein System ist und daß alles miteinander zusammenhängt. Wespen, die anhand der Sonne navigieren. Die wissen, was sie tun, die Wespen. Viel besser als ich.

Jetzt läuft Werbung. Ich mag Werbespots für Autos. Fast alle spielen in der Wüste. Da fahren die Autos schnell. Ein einsames Auto unter der Sonne. Die letzte Volvo-Reklame hat auch in der Wüste gespielt. Sieht klasse aus. Geht schnell. Der Fahrer braucht immer bloß in der Wüste rumzubrausen. Er fährt einfach drauflos.

Ich glaube, ich kaufe einen Volvo. Einen grünen.

Der gefällt meinem Bruder ganz sicher.

Etwas anderes, das mich sehr anspricht, sind graphische Darstellungen der Wirkungsweise von Shampoo und Zahncreme. So schön pädagogisch. Ich kann verfolgen, wie die Wirkstoffe in das Haar oder die Zähne eindringen und säubern und aufräumen. Und danach ist alles besser als zuvor. Darauf kommt es an. Daß die Dinge besser werden.

Aber diese Trickfilme mit lebendigem Kleinzeug und sprechendem Essen machen mich aggressiv. Kekse, die aus der Schachtel hüpfen und auf dem Küchentisch tanzen und dabei den Kräuterkäse im Kühlschrank rufen, und wenn der Kräuterkäse dann kommt, fliegen die Kekse in ihn hinein und schmieren sich selbst.

Eine Zumutung ist das.

Die Werbeleute machen zur Zeit Trickfilme mit allem möglichen. Jemand müßte diesem Treiben Einhalt gebieten. Selbst Idiotie hat ihre Grenzen.

Folgendes dürfte meiner Meinung nach nie in Werbetrickfilmen auftauchen:

- Kekse und andere Backwaren
- Milchprodukte
- Schokolade
- Fleischwaren
- Fischprodukte
- Spülmittel (und Gummihandschuhe beim Abwaschen)
- Eier
- Obst und Gemüse
- Uhren.

Ich sehe mir ein bißchen die schwedischen Nachrichten an. Sie rollen gerade eine Sache auf, wo ein paar Gemeindeangestellte kommunale Gelder veruntreut haben. Ziemlich starker Tobak, aber ich bekomme gute Laune davon. Die Leute sind vollkommen außer sich.

Da waren also ein paar kommunale Angestellte auf Dienstfahrt in Brüssel. Sie haben sich ein bißchen amüsiert, und dummerweise waren sie gezwungen, mit der gemeindeeigenen Kreditkarte für eine lustige Nacht im Sexclub zu bezahlen. Es geht um über dreißigtausend Kronen. Für eine Nacht.

Ich sehe den Kontoauszug auf dem Bildschirm. Deswegen habe ich gute Laune.

Da steht Dähls Farbenhandel, dann zweimal Texaco, und dann steht da Crazy Love, sechsmal untereinander.

Die Betroffenen warten mit den haarsträubendsten Ausreden auf. Einer kann sich an die ganze Nacht einfach nicht erinnern. Ein anderer behauptet, er hätte gar nicht bemerkt, daß es sich um einen Sexclub handelte. Ich könnte mich kranklachen.

Dähls Farbenhandel
Texaco
Texaco
Crazy Love
Crazy Love
Crazy Love
Crazy Love
Crazy Love
Crazy Love

Jetzt sehe ich eine Serie, in der wir die Polizei bei ihrer Arbeit begleiten. In Amerika. Die Geschichte einer guten Tat von zwei Polizisten in Los Angeles, vor ein paar Jahren. Ich ertappe mich selber dabei, daß ich feuchte Augen bekomme.
Ich werde tatsächlich von der Geschichte einer guten Tat gerührt. Die beiden Beamten stehen in der Wache und erzählen, und dazwischen sehen wir, was geschah. Die Produzenten haben zwei Schauspieler aufgetrieben, die den Polizisten ähnlich sehen. Sogar täuschend ähnlich.
Folgendes war vorgefallen:
Am Abend vor Weihnachten sitzt eine schwarze Frau weinend vor ihrem Haus in einer armen Vorstadt von Los Angeles. Die Polizisten kommen in ihrem Polizeiauto vorbei. Sie halten an und fragen, was los sei. Die Frau erzählt: Während sie im Krankenhaus war, um ihre krebskranke Tochter zu besuchen, hat jemand ihr Haus ausgeräumt, alles, was sie besitzt. Sämtliche Möbel, das Essen im Kühlschrank, sogar die Weihnachtsgeschenke für die Kinder, alles ist weg. Und im Haus drin sitzen drei Kinder und sind traurig. Weihnachten fällt aus.
Die Polizisten sagen, da können sie wenig machen. Sol-

che Delikte werden fast nie aufgeklärt. Aber zur Sicherheit notieren sie, was für Spielsachen die Frau für ihre Kinder gekauft hatte.
Als sie wieder im Wagen sitzen, reden die beiden Polizisten miteinander darüber, wie schrecklich das ist. Die Gesellschaft nimmt eine schlimme Entwicklung, und so weiter. Sie beschließen, auf eigene Kosten Geschenke für die Kinder von der Frau zu kaufen. Schließlich ist Weihnachten, und sie haben alles, was sie brauchen, während die arme Frau und ihre Kinder alles verloren haben.
Sie halten an einem Spielzeugladen und kaufen, was auf der Liste steht. Eine ganze Menge. Sachen für über hundert Dollar.
Sie kommen mit dem Inhaber des Geschäfts ins Gespräch und schildern den Grund ihres Einkaufs. Gerührt davon, was für eine gute Tat das ist, übernimmt der Inhaber die Hälfte der Kosten. Schließlich ist ja Weihnachten. Als die Polizisten wieder im Auto sitzen und zu der Frau zurückfahren wollen, kommt über Funk die Aufforderung, sofort auf der Wache zu erscheinen.
Dort fragt ihr Chef, was passiert ist, und es stellt sich heraus, daß der Inhaber des Spielzeugladens eine Fernsehgesellschaft angerufen hat, die jetzt die beiden Polizisten interviewen will. Derartige gute Nachrichten sind ja so selten, und jetzt zu Weihnachten braucht die Nation etwas Schönes, um sich darum zu versammeln.
Der Ball kommt ins Rollen.
Mehrere Fernsehgesellschaften nehmen die Sache auf. CNN kommt angefahren. Bald weiß die ganze USA davon. Die Polizisten erhalten Anerkennung von nah und von fern, und Präsident Reagan ruft an und sagt, er sei stolz auf sie.

Die Menschen schicken Geld und Geschenke, und ein Mann bietet der Frau ein Haus in einer besseren Gegend an.
Auf einmal fällt ihnen ein, daß die Frau ja gar nichts davon weiß. Sie hat keinen Fernseher oder Radio mehr. Mutterseelenallein sitzen sie und ihre Kinder in dem leeren Haus und glauben, daß Weihnachten ausfällt.
Die Polizisten beschließen, bis zum nächsten Tag, Christmas Day, zu warten, weil da Bescherung ist.
Am nächsten Morgen steht die schwarze Frau auf, weckt ihre Kinder und sagt, jetzt wollen sie alle zusammen ins Krankenhaus fahren und ihrer krebskranken Schwester frohe Weihnachten wünschen.
Die Kinder finden es ein bißchen bescheuert, so ohne Geschenke, aber die Frau sagt, sie hätten einander und sollten froh sein darüber. Sie hören Sirenen. Die Frau seufzt und meint, nicht einmal an diesem heiligen Tag schafften es die Menschen, gut zueinander zu sein. Aber dann schaut ihr Sohn aus dem Fenster. Die Straße ist voller Polizeiwagen und Feuerwehrautos und Kameras und Leute. Die Arme voller Geschenke, stehen die beiden Polizisten auf dem Rasen vor dem Haus. Jemand fängt an, Möbel hineinzutragen. Die Frau begreift nicht, was vorgeht, aber dann erkennt sie die Polizisten wieder. Sie umarmen sie und geben ihr einen Scheck über achtzehntausend Dollar.
Da fängt die Frau zu weinen an.
Und ich weine auch ein bißchen.

Das Kopfweh ist jetzt weg. Ich hämmere.
Diese Sache mit dem Weltraum, also wirklich. All die Gedanken heute nacht haben mich nicht gerade weniger sterblich werden lassen. Wenn das Universum vergäng-

lich ist, kann man schnell auf den Gedanken kommen, die menschliche Existenz sei ohne jeden Sinn. Warum sollte ich dann irgendwelche Pläne für die Zukunft haben?
Auf der anderen Seite ist es verlockend, das Beste daraus zu machen. Ich bin hier, so oder so. Die Phantasie versagt, wenn ich versuche mir vorzustellen, wo ich sonst sein sollte.
Ich schäme mich nicht für solche Gedanken. Vielleicht hätte ich sie schon früher haben sollen. Ich weiß nicht, wann andere Leute für gewöhnlich auf so was kommen. Manche wahrscheinlich schon mit fünfzehn. Ich nicht. Aber ich denke das jetzt. Und schäme mich dessen nicht. Wozu sitze ich in dieser Wohnung, wenn nicht, um solche Gedanken zu denken.
Ich hoffe, die Dinge stehen besser, wenn ich fertiggedacht habe.
Eigentlich gibt es eine ganze Menge Sachen, die ich mag. Das hier mag ich:
– Hämmern
– Ballwerfen
– auf dem Klo sitzen
– die Sonne
– Essen
– Bäume
– Freundschaft
– Strände
– Mädchen
– Schwäne
– Schlafen und Träumen und Aufwachen
– daß jemand mir den Rücken streichelt (selten)
– Musik (All you need is love)
– Kinder (Børre)

– Wasser
– Auto fahren
– Radfahren.

Wenn ich bloß das Gefühl hätte, daß die Dinge in einem Zusammenhang stehen und daß am Ende alles gut wird. Das wäre so schön.
Vielleicht bin ich zu oft allein. Ich sollte mich mehr draußen bewegen. Vielleicht mit jemandem reden. Mit wem soll ich reden?
Kim ist so weit weg, und Kent ist ein schlechter Freund.
Mit meinen Eltern kann ich jederzeit reden, aber ich will ihnen mit meinen Problemen nicht zur Last fallen. Mir ist es am liebsten, wenn sie glauben, mir geht es gut und alles geht ständig bergauf.
Als ich klein war, sind mein Papa und ich immer zusammen um unser Haus herumgegangen. Er hielt mich an der Hand, und wir gingen einmal um das ganze Haus. Aus irgendeinem Grund empfand ich das damals als etwas ausgesprochen Gutes und Sinnvolles.
Wir wohnten in dem Haus. Dort aß ich und schlief ich. Und dann gingen wir darum herum.

Ich lege eine Hämmerpause ein, radele zu meinen Eltern hoch und sage zu Papa, ich würde gern mit ihm um das Haus gehen.
Er hat eben Mittagsschlaf gehalten und findet die Bitte etwas merkwürdig. Ich bitte ihn, keine Fragen zu stellen. Ich sage, ich bräuchte das jetzt. Ich muß spüren, wie es sich anfühlt, mit ihm zusammen um das Haus zu gehen. Das ist ein Glied in der Kette der Dinge, mit denen ich mich gerade beschäftige, sage ich.

Papa zieht Gummistiefel und eine Jacke an, und dann gehen wir um das Haus herum.
Papa und ich.
Wir gehen einmal um das Haus herum.

Es ist nicht ganz genau so wie früher, aber es ist schön. Erwartet, daß es alle Probleme lösen würde, mit Papa um das Haus herumzugehen, hatte ich nicht. Meine Erwartungen waren bescheiden.
Papa sagt, wir können das später gern wieder tun, wenn ich ein Bedürfnis danach habe.
Ich sage, das ist gut möglich.
Papa sagt auch, er findet, ich sollte mehr ausgehen. Leute treffen. Vielleicht ein Mädchen.

FREUNDINNEN

Warum habe ich keine Freundin?
Kein Grund dafür in Sicht.
Leute, die weit weniger sympathisch sind als ich, haben eine Freundin.
Idioten haben Freundinnen.
Ich sollte absolut eine Freundin haben.

Es herrscht viel Ungerechtigkeit und Idiotie in der Welt.
Das ist wohl ein Teil meines Problems.
Sollte es so sein, daß hinter all dem idiotische Menschen stecken, hinter blöder Musik und idiotischen Büchern, Zeitschriften, Filmen und den Trickfilmen mit Eßwaren in der Fernsehwerbung?
Sollte es so einfach sein?
Manchmal bin ich versucht, das zu glauben.
Ein ausgesprochen natürliches Erklärungsmodell.
Ziemlich einleuchtend.
Oder verhält es sich so, daß diese Menschen eigentlich nicht dumm sind, daß sie es sogar gut meinen, aber Mal für Mal scheitern?
Auch eine Möglichkeit.
Es ist ein großer Unterschied, ob einer dumm ist oder bloß einfach Pech hat.

Sicher ist nur, daß sie Freundinnen haben.
Jeder einzelne.

Nur ich nicht.

DER PAPST

Ich schließe die Tür zur Wohnung von meinem Bruder auf und stelle fest, daß Kim ein mordslanges Fax geschickt hat. Sicher dreißig Meter lang.
Darauf steht immer dasselbe, fast hundertmal.
Be not afraid.
Kim hat eine Schleife gefaxt.
Das hat er bei Gelegenheit schon erwähnt.
Er hat lange davon geträumt, das zu tun.
Wahrscheinlich ist es ganz leicht.
Man führt das Blatt ganz wie sonst in das Fax ein und wählt die Nummer des Empfängers, und während das Gerät sendet, klebt man schnell die Enden des Blatts mit Klebstreifen zusammen. Dann schickt das Gerät dieselbe Nachricht, bis man es anhält oder dem Empfänger das Papier ausgeht.
Mein ganzes Faxpapier ist aufgebraucht.
Die teure Rolle mit Thermopapier.
Alles ringelt sich am Boden. Trauriger Anblick.
Kim schreibt, er hätte den Satz auf dem Rücken eines Buchs gefunden, das der Papst vor ein paar Jahren veröffentlicht hat. Der Vorgängermeteorologe auf der Insel muß es liegengelassen haben. Ein katholischer Meteorologe.
Be not afraid.

Ein guter Satz. Das muß man dem Papst lassen.
Aber doch nicht hundertmal.

Ich stecke den Anfang von Kims Fax in das Gerät und sende ihm den Satz des Papstes zurück.
Kim soll seine eigene Medizin zu schmecken kriegen.
Es dauert über eine Stunde, bis das Ganze durch ist.

In der Zwischenzeit lese ich weiter in Pauls Buch.
Siehe da, er bringt auch was über den Papst.
Paul schreibt, der Papst sei ganz begeistert von der Theorie mit dem Big Bang. Der Papst meint, er könne darin den Finger Gottes erkennen, und die Theorie sei durchaus kompatibel mit der Vorstellung von einer Schöpfung. Gott stand hinter dem Big Bang. Genial. Was muß sich der Papst gefreut haben, als er darauf gekommen ist. Wird spannend, was er sagt, wenn sich alles wieder zusammenzieht. Vielleicht verschlägt es ihm die Sprache.

Ich reiße ein Stück von dem Fax ab und hänge mir den Satz übers Bett.
Könnte schön sein, ihn beim Aufwachen zu lesen.
Katholik oder nicht.
Morgen werde ich einen Volvo kaufen.

FAHRSTÜHLE

Ich bin mit dem Fahrrad unterwegs zum Volvo-Händler, bin aber einen Umweg gefahren, zu einem Hotel mit vielen Stockwerken.
Jetzt stehe ich im Fahrstuhl.
Ich fahre auf und ab. Seit bald einer Dreiviertelstunde. Jedesmal, wenn ich im Erdgeschoß ankomme, drücke ich auf den obersten Knopf, und jedesmal, wenn ich oben bin, auf den untersten.
Die ganze Zeit steigen Leute ein und aus, aber niemand kommentiert den Umstand, daß ich hier drinstehe.

Als ich klein war, sind wir manchmal nach der Schule zu ein paar Wohnblocks geradelt. Wir haben sie immer bloß die Hochhäuser genannt.
Da wohnten alle ungezogenen Kinder. Deren Brüder älter waren als wir und jeden Freitag nach Schweden fuhren, um Chinakracher und Schnupftabak und Bier zu kaufen. Wer da wohnte, hatte schon Pornofilme gesehen, bevor er in die erste Klasse kam. Es gab wilde Geschichten, zum Beispiel daß ein paar von den älteren Brüdern Pornos in Super-8 auf die Wand neben den Briefkästen projizierten. Filme, wo zwei Damen Champagner auf einen Mann gossen, bis er pitschnaß war und alle seine Kleider ausziehen mußte.

Mag schon sein, mir egal.
Aber in diesen Häusern gab es prima Fahrstühle.
Wir fuhren da hin, um Fahrstuhl zu fahren.
Das war ein Abenteuer auf höchster Risikostufe. Aus irgendeinem Grund war es uns verboten, Fahrstuhl zu fahren. Wir durften es einfach nicht. Das war total ungerecht. Niemand sollte Kindern das Fahrstuhlfahren verbieten dürfen.
Aber all die alten Weiber keiften und schrien und riefen die Polizei, und der Hausmeister kam gerannt, um uns zu verjagen.
Ein Riesenkick jedesmal.

Fahrstühle sind phantastisch.
Ich werde noch ein Weilchen fahren.
Das Schöne daran, als Erwachsener Fahrstuhl zu fahren, ist, daß keiner auf die Idee kommt, dumme Fragen zu stellen, was ich hier drin zu suchen habe. Niemandem kommt der Verdacht, daß ich einfach nur Fahrstuhl fahre. Ich sehe aus, als wäre ich einer wie alle anderen.

Jetzt steigt eine junge Frau in den Fahrstuhl. Sie will abwärts. Ich schaue sie an.
Ich frage sie, ob sie einen Freund hat.
Sie sagt auf englisch, daß sie mich nicht versteht.
Ich wiederhole die Frage auf englisch. Do you have a boyfriend?, frage ich. Yes, sagt sie.
Ich frage, ob er sympathisch ist und Gutes tut, oder ob er unsympathisch ist und idiotisches Zeug macht.
Die Frau antwortet, die Welt sei vielschichtiger, als ich dächte, allerdings, wenn sie ganz ehrlich sein sollte, dann müßte sie sagen, daß sie schon Freunde gehabt hätte, die

sowohl sympathischer gewesen wären als auch weniger idiotisches Zeug gemacht hätten als der jetzige.
Sie fragt mich, ob ich eine Freundin habe.
Ich sage no, I don't.
Sie nickt still. Sieht aus, als würde ich ihr ein bißchen leid tun.
Als der Fahrstuhl in der Halle ankommt, steige ich aus und gehe zu meinem Fahrrad.
Jetzt fahre ich von dem Hotel weg.

PAUL

Immer noch auf dem Weg zum Volvo-Händler, komme ich an der Universität vorbei.
Ich setze mich auf eine Bank und schaue mir all diese Studenten an. Sie wuseln an mir vorbei.
Meine Tage sind eindeutig ruhiger geworden.
Aber ich fühle mich absolut nicht berechtigt, über die Studenten zu spotten.
Wenn ich mal mehr Zeit habe als jetzt, schaue ich kurz in der Hauptverwaltung rein und schlage vor, daß alle, die sich künftig zum Vorbereitungssemester anmelden, zusammen mit der Lektüreliste ein Hämmerbrett ausgehändigt bekommen. Ein Vertrag zwischen Brio und der Uni dürfte für beide Seiten Vorteile bringen. Für Brio wäre es eine wertvolle Werbung, und die Uni bekäme Studenten mit Bodenhaftung und einem Blick für die Zusammenhänge. Auf längere Sicht wäre das von Nutzen für die ganze Nation.

Ich gehe hinein und setze mich in einen Raum voller Computer, die hier zur freien Benutzung der Studenten stehen. Mein Paßwort (Wasser) funktioniert noch, und ich komme ins Internet.
Ich halte das Internet für überschätzt.
Zum größten Teil besteht es aus Informationen, auf die ich bestens verzichten kann.

Ich glaube, vielen anderen geht es mehr oder weniger genauso wie mir. Sie wissen unglaublich viel, wissen aber nicht, was sie damit anfangen sollen. Und den Unterschied zwischen Gut und Böse können sie auch nicht so klar erkennen.

Ich habe im Internet erschreckende Mengen unbrauchbarer Informationen gefunden. Zum Beispiel ging es mir wahrscheinlich etwas besser, bevor ich wußte, bei welchen Organisationen der Staat Norwegen Mitglied ist. Nicht viel besser. Aber ein bißchen. Genug, daß es zählt. Kann jeder mal selbst versuchen.

Norwegen ist Mitglied bei den folgenden Organisationen: AfDB, AsDB, Australia Group, BIS, CBSS, CCC, CE, CERN, COCOM, CSCE, EBRD, ECE, EFTA, ESA, FAO, GATT, IADB, IAEA, IBRD, ICAO, ICC, ICFTU, IDA, IEA, IFAD, IFC, ILO, IMF, IMO, INMARSAT, INTELSAT, INTERPOL, IOC, IOM, ISO, ITU, LORCS, MTCR, NACC, NAM (passives Mitglied), NATO, NC, NEA, NIB, NSG, OECD, PCA, UN, UNAVEM II, UNCTAD, UNESCO, UNHCR, UNIDO, UNIFIL, UNIKOM, UNMOGIP, UNOSOM, UNPROFOR, UNTSO, UPU, WHO, WIPO, WMO, ZC.

Das kann einen fertigmachen. Niemand soll versuchen, mir einzureden, daß es gut ist, diesen Krempel zu wissen, es sei denn für das Quiz bei der Weihnachtsfeier des Außenministeriums. Aber sonst doch nicht.

Irgendwie stiehlt es mir meine Gedanken, wenn ich weiß, daß Norwegen Mitglied in der Australia Group ist. Die Informationen, die ich brauche, machen mir schon genug zu schaffen, da muß ich mich nicht noch mit Überflüssigem belasten.

Offenbar sind aber viele davon fasziniert, daß es diese

Informationen nicht an dem Ort gibt, wo sie selber sind, sondern an einem anderen Ort. Einem Ort, der nicht hier ist, sondern überall und nirgends, immer zugleich. Und keiner kann dort sein. Nicht körperlich.
Ist schon ein bißchen spannend, sich das vorzustellen, einverstanden. Aber endlos faszinierend ist es nicht. Ich freue mich schon drauf, daß die Leute irgendwann aufhören, das zu behaupten.
Zwei gute Sachen hat das Netz aber an sich.
Die erste: Man kann überrascht werden, auf dieselbe Weise wie von einem Zeitungsartikel oder einer Ware in einem Geschäft, und der Tag kriegt eine andere Wendung, weil man sich freut.
Ich zum Beispiel habe mich gefreut, als ich mal an einen Psychologiestudenten geraten bin, der folgende Frage stellte:
From a lego modelling perspective, what is happiness? How would you describe the feelings that you experience through your envolvement in lego modelling? In your opinion, is there a difference between these »happiness« feelings and pleasure? Does your envolvement in lego modelling help you to attain long term happiness as well as short term happiness?

Die zweite gute Sache ist, daß man leicht Kontakt zu Menschen auf der ganzen Welt aufnehmen kann.
Deswegen bin ich heute hierhergekommen.
Ich will versuchen, Kontakt zu Paul aufzunehmen.
Ich will ihn etwas fragen.
Heutzutage sind alle Professoren elektronisch erreichbar.
Ich bin sicher, irgendwo dort draußen ist Paul.
Jetzt gebe ich seinen Namen ein, und seine e-mail-Adres-

se wird auf dem Bildschirm erscheinen. Dauert nur ein paar Sekunden. Da ist er schon.
Das hier schreibe ich:

Prof. Paul Davies
I am a young man and I don't feel so good. I have a good friend and a bad friend, and I have a brother who is less sympathetic than me. I don't have a girlfriend.
I used to be a student, but I quit. Most days I just sit in my brother's apartment and think, and in the evenings I throw a ball against a wall and catch it when it comes back. And I have a toy that is a hammer and some plastic pegs that go through a wooden plank, and I knock the pegs down and turn the plank around and knock them down again.
Sometimes I read in a book that you have written. It is the one about time. I don't like to think about the time that passes, and you seem to say that time doesn't exist and that makes me glad, but I do not feel certain that I understand you perfectly well.
You also say that the universe will collapse one day.
You say so many frightening things.
I would love to have the feeling that everything has a meaning and that it will be o. k. in the end.
Right now I don't have this feeling at all.
I would like to ask you twelve questions, and I will be immensely grateful if you answer.

Here are the questions:

1. Does time exist?
2. Does the size of the universe scare you?

3. Do you sometimes feel that everything you do is futile because the sun will be burnt out in five billion years?
4. Do you like to throw a ball against a wall and catch it again?
   Do you do it often?
   Would you do it more often if you had the time?
5. If Einstein was alive today, do you think he would be your friend?
6. How is it possible that the past, the present and the future all exist at the same time?
7. Do you sometimes wish you didn't know all the things you know, and were free to run on a beach, careless and ignorant of everything?
8. Do you think that the Big Bang was a coincidence?
9. I did not ask to be born. Neither did anyone else. The size and complexity of the universe makes me feel so small and free of responsibility. It makes me feel that the only meaningful thing to do is to try and have a good time. Do you understand that feeling? Do you have it yourself?
10. Do you think that the human brain is capable of thinking an infinite number of thoughts?
11. Do you disapprove of television commercials that feature animated food, for instance biscuits that dance and jump into the cheese?
12. Do you sometimes start to laugh because the numbers you are dealing with are so huge?

Thank you very much.

Als ich fertig bin, klicke ich auf »Senden«, und der Computer schickt meinen Brief geradewegs nach Australien.

Wenn ich ein Professor wäre, der viel über die Zeit und das Universum weiß, würde ich allen, die sich an mich wenden, ausführlich antworten. Das sollten alle Professoren tun.
Ich hoffe, Paul ist wie ich.
Ich hoffe, er antwortet.
Ich brauche Antworten.

Bevor ich weiterradle, mache ich noch etwas ziemlich Freches.
Ich schaue im Meteorologischen Institut vorbei und sage zur Sekretärin, ich sollte eine Rolle Faxpapier für Kim abholen. Sie kennt Kim gut genug, um keine unangenehmen Fragen zu stellen, sondern fragt nur, ob es ihm gutgeht.
Danke, ausgezeichnet, sage ich.
Dann bekomme ich das Papier.
So leicht geht das.

DER REGEN

Jetzt stehe ich beim Volvo-Händler.
Ich war auf der Bank und habe fast zweihunderttausend Kronen in der Tasche. Mehr als je zuvor.
Der Verkäufer erkennt mich wieder.
Ich sage, ich würde höchstwahrscheinlich den grünen Volvo kaufen, aber erst würde ich ihn gern noch einmal Probe fahren.
Der Verkäufer sagt, ich kann Probe fahren, so viel ich will.
Ich habe einen Hintergedanken.

Ich fahre zu dem Geschäft, wo Børre und ich Eis gekauft haben.
Jessicas Zettel hängt immer noch da, und ich schreibe mir die Telefonnummer auf.
Danach fahre ich zum Volvo-Händler zurück und sage, der Wagen erfüllt alle meine Anforderungen, und ich will ihn kaufen.
Der Verkäufer fängt an, mit Vordrucken zu hantieren, und fragt, ob ich die Finanzierung geklärt habe. Er will eine Zahlungsgarantie von meiner Bank und so weiter.
Ich sage, ich möchte gern bar bezahlen, und ziehe die Tausender aus der Tasche.
Dem Verkäufer ist das äußerst recht. Er bittet mich in ein Hinterzimmer, und wir füllen ein paar andere Vordrucke

aus. Ich erkundige mich nach den Zulassungsformalitäten, weil mein Bruder gern möchte, daß die erledigt sind, wenn er kommt, und der Verkäufer ruft einen Kumpel bei der Zulassungsstelle an. Sie plaudern ein bißchen, und es zeigt sich, daß der Wagen gleich heute zugelassen werden kann.
Vetternwirtschaft.

Ich mache eine Bemerkung darüber, daß der Verkäufer so erfreut wirkt, und frage, ob es daran liegt, daß ich bar zahle. Er sagt ja. Erst bei Barzahlung kann man es doch wirklich kaufen nennen, meint er. Er findet, die ganzen Karten und Ratenzahlungsdinger haben einen dem ursprünglichen Kauferlebnis völlig entfremdet. Geld auf die Hand, das ist wahres Kaufen.
Ich teile seine Meinung nicht, aber ich freue mich, daß er sich freut.
Er sagt, ich kann mit provisorischen Nummernschildern zur Zulassungsstelle fahren. Da wartet dann sein Kumpel auf mich, und alles geht in Ordnung. Bevor wir voneinander scheiden, frage ich, ob er weiß, in welcher Wüste die letzte Volvo-Werbung aufgenommen wurde.
Er weiß es nicht.
Vielleicht in der Sahara?

Jetzt steht der Volvo unten auf der Straße vor dem Haus. Ich habe meinem Bruder einen Prospekt zu dem Wagen gefaxt und die Quittung vom Kauf.
Jetzt ist mein Bruder Autobesitzer.

Ich sitze inzwischen da und schaue mir Jessicas Telefonnummer an.

22 47 45 64.
Das ist auch Lises Nummer.
Ich will Lise anrufen und fragen, ob sie Lust hat, mich zu treffen.
Ich schwitze.
Aber ich fühle, daß ich anrufen muß. Ich muß etwas unternehmen. Die Zeit ist reif, daß ich etwas unternehme.
Ich kann ja nicht ewig drinnen sitzen und hämmern.
Schon seltsam mit den Mädchen.
Man kommt nicht um sie herum.
Sie sind so hübsch.
Außerdem sind sie überall.
Sie tun immer so, als ob nichts wäre.
Ich mag ihre Stimmen. Und ich mag es, wenn sie lachen und lächeln.
Und wenn sie gehen.
Es ist mir auch ein bißchen unheimlich.
Manchmal denke ich, sie wissen etwas, das ich nicht weiß.
Aber sie sind hübsch.
Und schwierig zu begreifen.
Ich werde nie verstehen, wieso ausgerechnet die nettesten Mädchen die scheußlichsten Typen attraktiv finden.
Meine einzige Chance ist, nicht so zu tun als ob.
Als ich jünger war, ging es in sämtlichen Fernseh- und Radiosendungen für Jugendliche darum, daß jeder er selbst sein soll. Daß man sich das trauen soll. In manchen auch darum, daß man einen Ort braucht, wo man zu Hause ist. Aber in allen anderen Sendungen ging es darum, daß jeder er selbst sein soll.
Erst jetzt bekomme ich langsam eine Ahnung, was damit gemeint sein könnte.

Ob Lise auch eine Ahnung davon hat, weiß ich nicht. Der Versuch lohnt sich jedenfalls.

Natürlich ist es sehr wahrscheinlich, daß Lise einen Freund hat.
Warum sollte sie nicht?
Schließlich ist sie sowohl hübsch als auch sympathisch, außerdem wird sie Fotografin.
Sie hat ganz sicher einen Freund.
Jetzt rufe ich trotzdem an.

Der Vater nimmt ab. Ich sage, wer ich bin und bedanke mich für den netten Nachmittag neulich. Er fragt, wie es mit dem Volvo geht.
Ich sage, ich würde gern mit Lise reden.
Er sagt, daß Lise nicht bei ihnen wohnt. Sie war an dem Tag, als Børre und ich dort waren, nur zu Besuch. Lise wohnt in der Stadt. Und sie hat Telefon.
Ich schreibe die Nummer auf.
22 60 57 ... die letzten beiden Zahlen muß der Vater wiederholen. 31.

Ich drehe eine Runde im Zimmer. Atme tief durch. Wirklich die Hölle.
Ich hämmere ein bißchen, bevor ich wähle.
Es klingelt ein paarmal. Dann nimmt sie ab.

Jetzt rede ich mit Lise.

Nachdem wir miteinander geredet haben, liege ich auf dem Sofa und lächele. Es ist genauso, als hätte es eben aufgehört zu regnen. Es regnet und regnet endlos, und ir-

gendwann hört es auf. Alles duftet intensiv, und das Laub an den Bäumen hat alle möglichen Grünschattierungen.
Es ist so was von komisch mit den Mädchen.
Erst sind sie nicht da, und alles ist etwas anstrengend. Aber dann sind sie da, und alles wird etwas leichter. Es geht unglaublich schnell. Nur ein paar Sekunden, und alles wird leichter.
In einer Stunde treffe ich Lise.
Ich bin ziemlich nervös.
Jetzt dusche ich erst mal.

KUSS

Ein neuer Tag.
Jetzt wache ich auf.
Ich habe lange geschlafen.
Lise hat keinen Freund.
Ich trinke ein Glas Wasser, während ich daran denke.

Sie hat sich gefreut, daß ich sie angerufen habe.
Wir sind in eine Kneipe gegangen.
Erst haben wir Cola getrunken, dann Bier.
Und wir haben über vieles geredet.
Ich habe gesagt, daß Lise ein bißchen der Alanis ähnlich sieht, die mit ihrem roten Pullover auf dem Beifahrersitz sitzt. Aber Lise ist noch hübscher, habe ich gesagt. Das hat sie gern gehört. Sie wollte gern der Alanis ähnlich sehen, aber noch lieber wollte sie sogar hübscher sein.
Das Kompliment hat voll ins Schwarze getroffen.
Lise hat eine gute Stimme. Ich hätte Lust, ihr immer nur zuzuhören. Außerdem hat sie vorn zwischen den Schneidezähnen eine niedliche kleine Lücke, und ihre Haare sind weder lang noch kurz.
Sie geht gern baden oder im Wald wandern. Sie mag Obst, und sie fotografiert gern Leute, die nicht wissen, daß sie gerade fotografiert werden.

Sie hatte gedacht, Børre sei mein Sohn. Klar hatte sie das gedacht.
Ich habe erklärt, daß ich keinen Sohn habe. Und auch keine Tochter. Nicht mal eine Freundin.
Ich habe gesagt, ich sei es leid, so zu tun, als wären die Dinge anders, als sie sind. Ich habe gesagt, ich fände, wir sollten nicht dasitzen und einander zunicken und sagen, die und die Bücher sind klasse oder der oder der Film ist wichtig. Darüber können wir später reden, habe ich gesagt.
Ich habe alles genauso erklärt, wie es ist.
Ich habe gedacht, wenn sie dann findet, ich bin ein Idiot, dann besser gleich als später.
Sie fand nicht, daß ich ein Idiot bin. Da bin ich mir ziemlich sicher.
Sie hat gefragt, ob ich immer so direkt bin, und ich habe geantwortet, daß es das erste Mal war.
Sie hat auch gefragt, ob ich verzweifelt bin.
Ich habe nein gesagt. Ich habe gesagt, ich wollte nur endlich einmal die Prämissen geklärt haben.
Dann habe ich von dem Ball und von dem Hämmerbrett und von Paul erzählt.
Da fing sie an zu verstehen, was ich meinte.
Sie hatte auch ein Hämmerbrett, als sie klein war, aber sie wußte nicht mehr, daß es von Brio war.
Ich habe sie dazu gebracht, eine kleine Liste zu schreiben. Auf einer Serviette.

Das hier hat Lise begeistert, als sie klein war:
– kleine Welten in der Schachtel unter meinem Bett bauen
– Karlsson vom Dach (sein Haus, das ich unter dem Tisch gebaut habe)

– Hütten bauen
– Katastrophenüberlebensspiele spielen
– Büro spielen; Ordnung in Papiere bringen
– Geschäfte
– schlau sein
– Verfolgungsjagden mit dem Fahrrad
– Weinkorken sammeln
– Blaubeeren
– mich verkleiden (als Prinzessin)
– goldene Schuhe
– Plastikdiamanten
– Miniatursachen
– Radiergummis mit Duft
– Mamas Schminke
– kleine Städte mit Lego oder im Sand bauen.

Als die Kneipe zumachte, sind wir zusammen durch den Schloßpark gegangen. Dann haben wir bei ihr zu Hause eine Tasse Tee getrunken. Sie hat mir ihre Kamera gezeigt. Und ein paar Fotos. Große Farbfotos.
Als ich gehen wollte, hat sie mich umarmt, eine Umarmung, die, wenn ich jetzt im Rückblick daran denke, möglicherweise ganz nah an der Grenze zu einem Kuß gewesen sein könnte.
Wahrscheinlich war es eine Umarmung.
Aber vielleicht war es ein Kuß.

UNHEIMLICH

Heute habe ich drei Faxe bekommen.
Mit den ersten beiden habe ich keine Probleme, aber das dritte ist unheimlich. Wenn ich nicht auf mich aufpasse, rutscht mir das bißchen fester Boden, das ich erobert habe, wieder unter den Füßen weg.

Das erste Fax ist von Kim.
Er hat einen Dachs gesehen und fand, ich sollte das wissen. Er hat ihn gezeichnet. Er sagt, es sei ein Zwischending zwischen einer großen Katze und einem kleinen Hund. Seine Tutorin war oben bei ihm auf der Insel. Sie saßen abends draußen und tranken Wein, und die Tutorin hat den Dachs zuerst gesehen. Aber Kim hat ihn auch gesehen. Es scheint, als wäre er stolz, daß er ein neues Tier gesehen hat. Ich freue mich für ihn.

Das zweite Fax ist auch von Kim.
Er hat eine Liste der Dinge aufgestellt, die ihn froh machen. Ich kann mich nicht erinnern, ob ich ihm meine Liste geschickt habe. Vielleicht hat er es unaufgefordert getan. Das wäre am allerbesten.
Das hier macht Kim froh:
– Wasser
– Wolkenkratzer

– Mädchen, in die ich verliebt bin, zufällig auf der Straße treffen, und weder sie noch ich haben an dem Tag schon was Besonderes vor
– Schwimmen
– Radfahren
– Freejazz
– der Frühling
– unerwartete Anrufe von Mädchen, in die ich verliebt bin
– Morgende
– ein paar Bücher
– Schokolade
– dunkle Schokolade, vielleicht mit Nüssen oder Mandeln
– Cognac
– Dokumentarfilme aus den 50ern und 60ern, mit der Handkamera aufgenommen und auf körnigem Schwarzweißfilm
– Fliegen/Reisen
– wenn die Dinge genau so sind, wie ich es gedacht hatte, vorausgesetzt, ich hatte etwas Gutes angenommen
– wenn etwas Gutes geschieht, das ich nicht mal in meinen wildesten Träumen für möglich gehalten hätte
– Dachse sehen
– Faxe kriegen
– viele Faxe kriegen
– Freunde
– Arbeit
– Wolken (manchmal)
– Katzen
– Sachen bekommen, die ich mir lange gewünscht habe
– Duschen
– Springen
– Laufen

– Singen
– Essen
– Schlafen.

Die Liste ist so lang und schön, daß ich neidisch werde. Kim hat das Leben besser im Griff als ich.
Aber ich komme. Eines Tages bin ich auch soweit.

Das dritte Fax ist äußerst beunruhigend.
Es ist von meinem Bruder.
Er bedankt sich, daß ich den Volvo gekauft habe, und will sich für die Mühe revanchieren. Eine Hand wäscht die andere. Ist doch nett, mein Bruder. Aber was er anbietet, wirft mich aus der Spur.
Er will mir eine Reise nach New York spendieren. In einer Woche.
Er ist schon dort, und er schreibt, wir können die Wohnung von Freunden haben. In Manhattan.
Am liebsten würde ich auf dieses Fax einfach nicht reagieren.
Ich nehme den Ball und gehe runter in den Hinterhof.
Jetzt werfe ich.

ZUSAMMENHANG

Ich hatte geplant, die letzten paar Wochen vor der Rückkehr meines Bruders in aller Ruhe zu verbringen. Hämmern und meine Situation überdenken. Den kleinen Wall von Sicherheit festigen, den ich trotz allem habe aufbauen können.
Aber dann ist dieses Fax gekommen und hat den ganzen Plan zunichte gemacht.
Ich war fast zur Ruhe gekommen. Ja, ich hatte eine Art Ruhe erlangt.
Von der kann ich jetzt nur noch träumen.
New York.
Klingt unheimlich.
Nach Überforderung.
Ich habe Angst, jetzt überfordert zu werden.
Diese Stadt kommt mir allzu groß vor.

Es gibt viele Gründe, die gegen diese Reise sprechen.
Lise ist einer davon.
Wir treffen uns heute, später am Tag. Und an anderen Tagen vielleicht ja auch noch. Ich weiß nicht, wie New York ist, aber ich kann mir kaum vorstellen, daß es besser ist als Lise.
Ich habe auch das Gefühl, daß ich die Dinge jetzt gerade in den Griff kriege. Durch eine Reise setze ich das vielleicht wieder aufs Spiel.

Es ist überflüssig, noch mehr Verwirrung zu suchen, als ich ohnehin erlebe.
Außerdem erwarte ich eine Antwort von Paul. Sicher antwortet er bald. Und dann erfahre ich viel.
Ich will lieber diese Dinge erfahren, als nach New York reisen.
In ein paar Minuten ruft mein Bruder an.
Ich fürchte mich ein bißchen davor.
Ich muß nein sagen.

Jetzt ruft er an.
Er besteht darauf, daß ich nach New York komme. Das überrascht mich. Ich habe noch nie erlebt, daß mein Bruder auf etwas besteht.
Wir können viel Spaß haben, sagt er. Und er meint, vieles deutet darauf hin, daß ein bißchen Bewegung mir gut tun würde. Was von der Welt sehen.
Ich sage, daß es gerade sehr schlecht paßt.
Ich sage nein, aber mein Bruder meint, ein Nein kommt nicht in Frage.
Einmal im Leben soll ich mir keine Gedanken machen, sagt er, sondern nur einfach ein Ticket kaufen und mich ins Flugzeug setzen.
Er sagt, ich bekomme auch Taschengeld von ihm. Er zahlt nicht nur die Reise. Wirklich ein großzügiges Angebot.
Aber all diese Menschen, und der Lärm. Ich bin nervös.
Ich frage, ob er mir nicht etwas anderes schenken kann. Vielleicht eine Uhr. Eine Rolex. Ich wünsche mir ja schon länger eine Uhr.
Nie im Leben, sagt mein Bruder.
Er sagt, eine Rolex kostet fünfzigtausend Kronen, aber auch, wenn sie nur tausend kostete, würde er da nicht

mitspielen. Es ist nämlich so, er will mir die Möglichkeit geben, wegzukommen. Es tut sich was, wenn man reist, sagt er.
Was denn?, frage ich.
Man kriegt einen Blick für den Zusammenhang der Dinge, sagt mein Bruder.
Und er sagt, ich soll keine Angst haben. Er ist ja da. Mein eigener Bruder. Er wird auf mich aufpassen.
Einen Blick für den Zusammenhang?, frage ich.

DER ARM

Lise trägt einen roten Pullover.
Wir sitzen im Gras, trinken Mineralwasser und essen Baguette mit Hühnersalat. Beinahe scheint die Sonne.
Ich sage, daß es seltsam ist, jemanden kennenzulernen. Es ist wie ein neuer Planet.
Ich sage, bei mir geht es sehr schnell, daß ich mich in eine neue Beziehung reinträume. Ganz von selbst geht das. Plötzlich schießen die Gedanken los. Ich sehe das Mädchen in allen möglichen Situationen vor mir, ich sehe das Haus vor mir, in dem wir wohnen könnten, und die Orte, an denen wir Urlaub machen könnten. Und das passiert, ohne daß ich überhaupt mit ihr geredet habe. Es kann passieren, während ich über die Straße gehe und dem Blick eines Mädchens begegne, das vorbeikommt.
Lise fragt, ob es mir auch mit ihr so gegangen ist.
Erst zögere ich ein bißchen und sage nein, aber es ist allzu deutlich, daß das nicht stimmt, also sage ich ja.
Lise lächelt und sagt, sie hatte gedacht, ich hätte keine Absichten.
Ich sage, Absichten und Träume ist nicht dasselbe.
Als ich frage, ob es sie stört, schüttelt sie den Kopf und umarmt mich ein bißchen. Ich erzähle, daß mein Bruder mich nach New York eingeladen hat.
Lise ist begeistert. Sie findet, ich muß auf jeden Fall fahren.

Ich sage, ich hätte schon vorgehabt, weniger zu Hause zu sitzen, mehr rauszugehen und Leute zu treffen, aber das mit New York komme doch ein bißchen plötzlich. Ich habe Angst, daß es mich überfordert.
Lise beruhigt mich. Sie hat eine New-York-Theorie.
Sie sagt, zweierlei kann dort passieren, und es liegt an mir, welche von beiden Möglichkeiten eintritt.
Einmal kann ich alle Vorbehalte ablegen und einfach alles auf mich wirken lassen. Wie ein Kind. Oder aber ich halte einen gewissen Abstand und beobachte Kleinigkeiten, versuche, Bekanntes zu erkennen. Sortieren und vergleichen.
Das erste kann dazu führen, daß man überfordert wird oder auch einfach überwältigt. Das zweite möglicherweise zu schönen Beobachtungen, Eindrücken und Spaß. Meint Lise.
Außerdem meint sie, überwältigt sein kann auch sein Gutes haben.
Ich frage, was sie damit meint.
Sie meint, auf längere Sicht bringt einem das einen Blick für den Zusammenhang.
Einen Blick für den Zusammenhang?, frage ich.

Jetzt berührt Lise meinen Arm und sagt noch einmal, ich soll fahren. Ich mag es, wenn sie meinen Arm berührt. Fast erwäge ich, es tatsächlich zu machen, nur damit sie merkt, daß ich gern berührt werde.
Sie sagt, nichts hindert mich daran, weiterzuhämmern und weiterzuwerfen, wenn ich zurück bin. Ich sollte mir diese Chance zum Wegkommen gönnen. Vielleicht sehe ich die Dinge hinterher ja wirklich anders.
Das klingt so richtig, wenn sie es sagt.

FORM

Jetzt ruft mein Bruder an und besteht noch einmal darauf, daß ich komme.
Er sagt Sonne, sagt Central Park, sagt gutes Essen und Trinken, er sagt Empire State Building.
Sightseeing, schnaube ich verächtlich. Was soll ich damit?
Mein Bruder sagt, die Stadt selber ist nicht das Wichtigste, sondern daß wir zusammen sind. Brüder sollten ab und zu zusammen sein und was Schönes unternehmen, sagt er.
Ich finde das eine gute Einstellung.
Aber New York ist sicher zu groß.
Ist New York nicht zu groß?
Mein Bruder findet es ganz passend.
Ich frage, ob er überfordert ist.
Er sagt nein.
Ich frage, ob er schon mal überfordert war oder ob er Angst davor hat.
Er sagt noch mal nein.
Ich frage, ob wir nicht lieber einmal quer durch Amerika fahren können.
Nein.
Ich frage, ob ich Lise mitbringen kann.
Er fragt, wer Lise ist, und ich erkläre es ihm.

Er sagt nein.
Ich frage, ob ich eine Rolex kriegen kann.
Nein.
Dann frage ich meinen Bruder, woran er glaubt.
Jetzt hör aber auf, sagt er.
Woran glaubst du?, frage ich.
Wie meinst du das?, fragt er.
Wie ich das meine? Ich frage, woran du glaubst, sage ich.
Im Leben?, fragt mein Bruder.
Wo sonst?, frage ich.
Machst du dich über mich lustig?, fragt er.
Nein.
Er denkt nach.
Ich glaube an die Kräfte des Marktes, sagt er.
Die freien?, frage ich.
Ja.
Wie kann man denn daran glauben?, frage ich. So ein Scheiß. Wer braucht die Kräfte des Marktes?
Mein Bruder sagt, das ist kein Scheiß.
Na dann nicht. Woran glaubt er noch?
Er glaubt an Freundschaft.
Gut.
Er glaubt an Liebe.
Ist das wahr?, frage ich.
Was?, fragt mein Bruder.
Daß du an Liebe glaubst.
Klar ist das wahr.
Ich sage, daß ich das nicht gedacht hätte.
Er fragt, ob es mir was ausmacht.
Ich sage ja.
Ich frage, ob New York eher Inhalt ist oder eher Form.

Mein Bruder sagt Form, er sagt, den Inhalt muß ich selber erschaffen.
Ich frage, warum er meint, daß mir die Reise guttun würde.
Er sagt neue Orte, neue Gedanken, Blick für den Zusammenhang.
Bist du mit dem Zusammenhang sicher?, frage ich.
Bombensicher.
Stille.
Dann fragt mein Bruder, ob ich kapituliere.
Ja, sage ich, jetzt kapituliere ich.
Guten Flug, sagt er.
Danke, sage ich.

RÖNTGEN

Ich reise nach Amerika.
Ich lasse es drauf ankommen.

Ich stehe lange vor dem Hämmerbrett.
Vielleicht ist es feige von mir, es mitzunehmen.
New York ist wohl kaum ein Ort, wo die Leute hämmern.
Sie haben sicher ganz andere Methoden, sich abzureagieren.
Wenn ich in New York hämmere, halten mich am Ende alle für blöd. Wozu soll das gut sein. Auf der anderen Seite will ich auch nicht cooler tun als ich bin. So was kann schnell nach hinten losgehen.
Ich wiege das Brett in der Hand.
Es wiegt nicht viel.
Ich muß es ja nicht benutzen. Es wäre einfach ein sicheres Gefühl, es im Rucksack dabei zu haben. Zu wissen, daß es da ist. Und wenn ich das Bedürfnis zu hämmern bekommen sollte, dann habe ich es zur Hand.
Ich kann auch ohne Brett reisen und einfach eins kaufen, wenn es nicht anders geht. Aber das ist riskant.
Ich weiß nicht, ob Brio in Amerika überhaupt auf dem Markt ist. Vielleicht gibt es dort gar keine Hämmerbretter. In dem Fall laufe ich Gefahr, von verschiedenen Gefühlen innerlich verzehrt zu werden.

Ich schade mir bloß selbst, wenn ich es hierlasse.
Das Brett muß mit.
Wenn diese Stadt so groß ist, wie ich glaube, ist es sehr wahrscheinlich, daß ich das Bedürfnis habe, mich abzureagieren.
Außerdem sieht es in den Röntgenapparaten am Flughafen sicher nett aus.
Ich gönne den Zöllnern diesen Anblick.

Jetzt packe ich.
Unterhosen. Socken. T-Shirts. Zahnbürste. Kurze Hose.
Fotoapparat.
Hämmerbrett.

SINN

Der Bus zum Flughafen fährt bald.
Lise und ich liegen im Schloßpark im Gras.
Wir essen Pfannkuchen, die Lise gebacken hat.
Ich frage Lise, ob sie glaubt, daß am Ende alles gut wird.
Kommt drauf an, was ich mit Ende meine, sagt sie.
Wenn ich meine ganz am Ende, dann ist es unwahrscheinlich, daß es gut wird. Das ist natürlich eine Glaubensfrage, sagt Lise. Manche glauben ja an Wiedergeburt oder daß sie nach ihrem Tod an einen schönen Ort kommen.
Wenn ich irgendwann meine, bald, also daß die Dinge mit der Zeit ins Lot kommen, dann sind die Chancen größer.
Es kommt natürlich auch darauf an, was ich mit gut meine.
Sie fragt, wo ich hinwill.
Ich sage, daß ich das nicht weiß.
Ich sage, wahrscheinlich will ich, daß die Dinge ins Lot kommen. Ich verlange nicht viel. Aber ich will, daß es mir gutgeht. Ich will ein einfaches, gutes Leben mit vielen guten Stunden und viel Lebensfreude.
Lise meint, das dürfte für mich durchaus erreichbar sein.
Ich sage, die Lebensfreude ist sehr vermindert, solange ich keinen Sinn im Dasein spüre.

Kannst du das mit dem Sinn nicht einfach sein lassen?, fragt Lise.
Nein, sage ich. Das kann ich nicht.
Was ist mit Freundschaft?, fragt Lise. Mit uns zum Beispiel, hat das keinen Sinn?
Doch, sage ich.
Na bitte, sagt sie.

Als der Bus kommt, mache ich mit ihrer Polaroidkamera ein Foto von Lise.
Ich frage, ob sie auf mich warten wird.
Sie lacht und küßt mich und sagt, ich muß ihr schon ein paar Postkarten schicken.
Ich frage, ob sie eine Karte pro Tag zu viel findet, aber das findet sie nicht. Sie will nur, daß ich sie an schönen Orten schreibe. Am besten ganz oben in hohen Gebäuden.

Ich winke Lise von der hintersten Reihe im Bus zu.
Genau als ich sie nicht mehr sehen kann, taucht ihr Gesicht auf dem Foto auf.
Jetzt kann ich sie doch noch sehen.

FLUGBLATT

Vom Flughafen rufe ich meine Eltern an und sage, daß ich verreise. Als Mama hört, ich fliege nach Amerika, begnügt sie sich mit der Mitteilung, das klinge ja spannend. Gute Reise, sagt sie.

Papa läßt es nicht dabei bewenden. Er sagt, wenn ich ihm noch ein Stündchen Zeit gebe, schreibt er ein Flugblatt, das ich dann auf den Straßen von New York verteilen kann.

Es soll ein Flugblatt werden, auf dem er sich von allem distanziert, wofür Amerika steht, von dieser Dummheit, diesen kranken Träumen, der Außenpolitik und dem Kulturimperialismus. Nur schnell eine A4-Seite. Er hat den Verdacht, daß die meisten Amerikaner nicht die geringste Ahnung haben, was er und viele andere europäische Intellektuelle von Amerika halten.

Papa würde ihnen gern zu denken geben. Damit sie Lehrgeld zahlen.

Ich sage, mein Flugzeug startet in einer Viertelstunde. Das mit dem Flugblatt machen wir nächstes Mal.

N

Jetzt sitze ich im Flugzeug.
Unterwegs in die Welt.
Ich sehe einen Film, der ist so schlecht, daß es mir für alle Beteiligten peinlich ist, und ich denke über den Angestellten der Fluggesellschaft nach, der die Filme auswählt.
Ich frage mich, ob er nur mal daneben gehauen hat oder ob er so dumm ist, und ob er eine Freundin hat.
Auf dem Fensterplatz links von mir sitzt eine deutsche Dame, die mir die ganze Zeit kleine Tüten mit Orangensaft gibt, auf die sie selber keine Lust hat. Ich habe schon sehr viele kleine Orangensafttüten ausgetrunken. Nächstes Mal, wenn sie mir eine anbietet, werde ich wohl ablehnen.

Ich lese wieder in Pauls Buch.
Jetzt mag ich es besser leiden, nachdem ich ihm geschrieben habe. Ich spüre, daß wir ein nahes Verhältnis zueinander entwickelt haben. Daß wir Vertraute sind.
Paul und ich.
Vielleicht schreibt er gerade eben jetzt an seiner Antwort.
Vielleicht sagt er, ich soll nicht traurig sein und alles wird am Ende gut.
Er schreibt in seinem Buch, die Erde schwebt frei im Raum.
Sie rotiert und kreist. Sehr schnell. Wir nehmen die Son-

ne als Anhaltspunkt dafür, wie schnell die Erde rotiert. Jemand hat festgelegt, daß es mitten am Tag 12 Uhr sein soll, überall auf der Erde. Darum gilt an vielen anderen Orten eine andere Uhrzeit als in Norwegen.

Die Erde ist in 24 Zeitzonen eingeteilt. Innerhalb dieser Zonen tun wir so, als wäre die Zeit gleich. Wenn wir das nicht tun würden, müßten wir die Uhr zum Beispiel vier Minuten vorstellen, wenn wir 100 Kilometer nach Osten fahren.

Das heißt, die Uhr in der Hütte von meinen Eltern wäre der Uhr zu Hause immer um vier Minuten voraus.

Während ich das lese, geht mir auf, daß die Uhrzeit in New York eine andere sein muß als daheim in Norwegen.

Es ist dort sechs Stunden früher.

Irgendwie gewinne ich sechs Stunden, indem ich nach New York fliege. Eine befriedigende Vorstellung. Ich will versuchen, diese Stunden für etwas Schönes zu verwenden.

Auf der anderen Seite verliere ich in 10.000 Metern Höhe pro Stunde ungefähr 3 Milliardstelsekunden. Der Flug dauert acht Stunden. Ich verliere 24 Milliardstelsekunden. Nicht viel.

Widerstrebend sehe ich darüber hinweg.

Jetzt fragt die deutsche Dame, ob ich noch eine Orangensafttüte haben will.

Ich sage nein danke und halte mir den Bauch, um ihr zu zeigen, daß ich weder Hunger noch Durst habe.

Sie stellt die Tüte auf den Boden und zieht sich so eine Maske über die Augen, unter der es dunkel ist. Sie will versuchen zu schlafen.

Ich stehe auf, um aufs Klo zu gehen. In der Schlange steht vor mir ein Italiener. Er ist mir schon vorher aufgefallen. Er reist mit zwei Freunden. Alle drei tragen Anzüge und gehen die ganze Zeit hin und her.
Ich habe ein Gefühl, als hätten die keine reine Weste, als wollten die mir was Böses.
Ich habe keine Angst vorm Fliegen. Jedenfalls nicht technisch gesehen. Aber ich habe Angst vor Menschen. Die haben so viele verrückte Einfälle.
An diesen Italienern ist was Verdächtiges. Ich fürchte, sie wollen das Flugzeug entführen. Sie lächeln einander so unheimlich an. Ungefähr so, als teilten sie ein grausames Geheimnis. Ich weiß, daß es eine Art Sprengstoff gibt, die für Metalldetektoren nicht feststellbar ist. So gesehen, haben sie möglicherweise die Taschen voller Sprengstoff. Und sie stellen sicher vollkommen unmögliche Forderungen.
Ich bin überzeugt, wenn sie einen Passagier quälen, um zu beweisen, daß sie es ernst meinen, nehmen sie mich. Wäre mal wieder typisch.
Vielleicht werfen sie mich über dem Atlantik aus dem Flugzeug.
Ich würde gern eine Stewardeß bitten, ein Lied für mich zu singen, aber ich traue mich nicht. Ich begnüge mich damit, sie um ein Glas Gin Tonic zu bitten.

Jetzt schreibt Paul, die Erde ist ein atypischer Ort im Universum. Die meisten anderen Planeten befinden sich in einem öden Vakuum oder sind von Gasen eingekapselt. Bei oft völlig absurden Temperaturen. Wir könnten nicht an vielen anderen Orten leben.
Vielleicht könnten wir auch nicht in vielen anderen Zeiten leben, schreibt er. Bei dem Gedanken kann ich ihm nur

sehr schwer folgen. Ich versuche, ihn trotzdem zu verstehen.
Ungefähr zehn Prozent von allen Menschen, die jemals auf der Erde gelebt haben, leben heute. Das sind wir.
Wenn man einmal davon ausgeht, daß die Menschheit weiterexistieren wird, Tausende und Millionen von Jahren, dann bedeutet das, daß wir Heutigen besonders sind, denn wir leben früh, und daß alle nach uns typischer sein werden, denn im Verhältnis gesehen wird es normaler sein, dann zu leben, als heute gelebt zu haben.
Nur haben wir keinen Grund für die Annahme, daß wir Heutigen besonders sind. Und wenn wir typisch sind, bedeutet es, daß nur wenige nach uns kommen werden, und so, daß die Existenz der Menschheit sich ihrem Ende nähert.
Pauls Gedankenexperiment mag spannend sein, aber mich bringt es ins Schwitzen. Er sagt, ich soll mir zwei Urnen mit Namenszetteln darin vorstellen. In der einen Urne sind zehn Zettel, in der anderen tausend. Mein Name steht auf einem Zettel, einem einzigen. Wo, glaube ich, befindet sich mein Name aller Wahrscheinlichkeit nach? Das kann man natürlich unmöglich wissen. Eigentlich kann man nur raten, aber rein wahrscheinlichkeitsmäßig ist die Chance, daß mein Name sich in der Urne mit den Tausend befindet, rund fünfzigmal größer, schreibt Paul.
Dann leert man die Urnen, und auf dem dritten Zettel aus der Urne mit den Zehn steht mein Name.
Daß mein Zettel so früh gezogen wird, ist bei der Urne mit zehn Zetteln sehr viel wahrscheinlicher als bei der Urne mit tausend Zetteln.
Überträgt man das auf alle Menschen, die jemals leben werden, dann, meint Paul, kann man ausrechnen, daß

die Chancen 2:3 dafür stehen, daß die Gesamtzahl begrenzt ist und wir auf das Ende zugehen.
Paul gibt zu, daß das Spekulation ist, aber ich spüre dennoch ein unnatürlich starkes Bedürfnis zu hämmern.
Das Hämmerbrett liegt im Gepäckfach über mir. Es ist in Griffweite, aber alle Mitpassagiere scheinen zu schlafen.
Ich trau mich nicht.
Die Italiener schlafen auch. Oder sie tun so.

Jetzt kommt es ganz schlimm. Paul bringt biologische Argumente. Es ist fast nicht mehr auszuhalten.
Er sagt, es gibt den Menschen dank einer in der Weltgeschichte unbekannten Anzahl unwahrscheinlicher Zufälle.
Je größer die Zahl ist, desto näher sind wir dem Ende.
Beträgt die Zahl der Zufälle nur eins oder zwei, dann dürfte der Fortbestand der Menschheit ziemlich genau mit der restlichen Lebensdauer der Sonne übereinstimmen. Ist die Zahl jedoch höher, und das denken die meisten Biologen, dann ist unsere Zeit auf Erden weit kürzer.
Man kann eine auf schlichter Wahrscheinlichkeitsrechnung basierende Formel erstellen, um die zu erwartende Überlebenszeit der Menschheit zu berechnen.
Wenn eine Zahl n von Zufallsschritten zur Entwicklung des heutigen Homo sapiens geführt hat und die Gesamtlebensdauer der Sonne acht Milliarden Jahre beträgt, lautet die Formel n+1 geteilt durch acht Milliarden. Beträgt n zum Beispiel eine Million, dann dürfen wir damit rechnen, in rund achttausend Jahren ausgelöscht zu werden.

Ich hoffe, mein Bruder holt mich am Flughafen ab.
Ich habe keine Lust, alleine zu sein.

DIE STADT

Ich sehe überall das Empire State Building.
Den ganzen Tag schon.
Aber mein Bruder sagt, wir haben es noch gar nicht gesehen.
Da sehe ich es schon wieder.

Das ist New York.
Ich lasse mich überwältigen.
Es ist seltsam, hier zu sein. Seit ich denken kann, habe ich von dieser Stadt gehört und sie in Filmen gesehen. Jetzt fühle ich mich zum ersten Mal sicher, daß es sie wirklich gibt. Alle sind hierhergekommen. Norweger sind hierhergekommen. Arme. Mit Träumen. Hier kann man erfolgreich sein. Jeder kann das. Auch heute. Ich kann hier vielleicht auch erfolgreich sein. Geld verdienen.
Wie es aussieht, leben die Amerikaner nach der schlichten Theorie, daß zwei besser ist als eins, daß drei besser sind als zwei und so weiter. Sie finden zum Beispiel, zweihundert Dollar sind besser als hundert.
Niedlich.

Jetzt glaube ich schon wieder, ich sehe das Empire State Building.
Mein Bruder schüttelt den Kopf.

Eine unvorstellbare Menge Eindrücke strömt auf mich ein, während wir durch die Straßen gehen.
Wie viele Eindrücke kann ich an einem Tag verkraften?
Die Sinneseindrücke stehen Schlange. Etliche gehen natürlich an mir vorbei. Das Hirn kommt überhaupt nicht mit den Augen mit. Oder mit den Ohren. Oder mit der Nase. Aber manche Eindrücke scheine ich als wichtiger zu bewerten als andere. Keine Ahnung, wie da sortiert wird. Aber sortiert wird.
Ich habe beschlossen, das Wesentliche aufzuschreiben. Was nach dem Aussieben übrig bleibt. Das, woran ich mich abends vor dem Einschlafen erinnere.

Ich glaube, sehr große und sehr kleine Dinge beeindrukken mich mehr als die dazwischen.
Nach ein paar Stunden in New York zeigt sich das ganz deutlich.
Das meiste hier ist sehr groß.
Die Häuser zum Beispiel. Die Wolkenkratzer. Die sind überall.
Und sie sind groß. Ich habe den Verdacht, das hat ein bißchen mit Statusdenken zu tun. Erst hat vielleicht ein Mann ein ziemlich hohes Haus gebaut, dann hat sein Kumpel eins gebaut, das war noch höher. Und dann haben alle anderen gedacht, jetzt müssen auf Teufel komm raus Häuser gebaut werden, und zwar hohe. Egal was drinsteckt, aber wir machen sie hoch. Und zwar verteufelt hoch.
Ich habe Grund zu der Annahme, daß dieselbe Theorie, derzufolge zwei besser ist als eins, auch besagt, daß groß besser ist als klein und hoch besser als niedrig.
Zu ungefähr 85 Prozent ein charmanter Gedanke.

Kaum einem der Häuser kann man ansehen, was drinsteckt. Es kann alles mögliche sein. Ist es sicher auch. Mehrmals habe ich heute schon das Gefühl gehabt, daß in diesen Häusern gar nichts drin ist. Daß sie nur da stehen.
Mein Bruder liest aus einem Reiseführer vor, daß es in diesem Stadtteil eine Million Büros gibt. Er sagt, all die Gebäude, von denen ich denke, gar nichts sei drin, sind voller Büros.
Ich sage, da soll er mal nicht so sicher sein.

Die Autos sind groß.
Die Lastwagen sind riesig. Sie sehen aus, als seien sie gebaut worden, um jemanden umzubringen.
Viele Leute sind auch groß. Und dick. Ihre Joggingschuhe sind ganz schiefgetreten und abgewetzt, weil sie so schwer sind. Die folgenden Dinge finde ich bislang groß und lang und hoch:
– die Häuser
– die Autos
– die Lastwagen
– die Menschen
– die Pizzastücke
– die Straßen
– die Fische vor den Fischgeschäften
– die Avocados
– die Leuchtreklame
– die Parks
– manche Hunde
– die Tassen, aus denen mein Bruder im Café Kaffee trinkt
– manche Geschäfte
– die Briefkästen.

Das hier finde ich klein:
- die Parkplätze
- manche Hunde
- manche Bananen
- Schokoladentafeln
- den Plastiklöffel, den ich zum Eis bekommen habe.

Ich bin müde, will aber nicht schlafen.
Ich verwende meine sechs Stunden, um zusammen mit meinem Bruder in den Straßen herumzugehen. Es ist ungeheuerlich. Ich bin übermüdet, und die ganze Zeit passiert was. Ein bißchen wie im Fieber.
Die Geräusche werden verzerrt.
Mein Bruder und ich haben einen Streit gehabt. Das war eine schwere Prüfung.
Erst war alles schön. Er hat mich am Flughafen abgeholt, und wir haben einander umarmt.
Wir haben mein Gepäck in die Wohnung gebracht und ein bißchen geredet.
Mein Bruder war neugierig, wie es mir so geht.
Ich habe ihm meine Gedanken und Probleme geschildert und meine kleinen Aktivitäten.
Das einzige, was er gern gehört hat, war das mit Lise.
Den Rest hat er bescheuert gefunden. Er hat gesagt, er erträgt es nicht, auch nur ein Wort über Zeitzonen zu hören oder über Zeiträume, die kleiner sind als eine Sekunde oder über Entfernungen, die länger sind als ein Lichtjahr. Und bitte nichts über den Weltraum.
Ich könne ja denken, was ich will, aber ich solle es bitte schön für mich behalten.
Ich fand das unglaublich schroff.
Er sagt, er hat sich schon gedacht, daß ich mit solchen

Gedanken rumlaufe. Mit dieser Einladung nach New York will er eben auch meine Gedanken in andere Bahnen lenken.
Wir wollen Spaß haben, sagt er.
Ich bezweifle nicht, daß er es gut meint, aber ich finde, er geht zu weit.
Von dem Hämmerbrett will er zum Beispiel nichts wissen. Überhaupt nichts.
Er will es kaputtmachen, wenn er mich dabei ertappt, daß ich hämmere.
Dann muß ich also heimlich hämmern. Das ist demütigend. Schließlich bin ich trotz allem erwachsen. Erwachsene sollten nicht heimlich hämmern müssen. Ich versuche, mich meinen Problemen auf eine reife Weise zu stellen, aber mein Bruder hindert mich daran.
Ich glaube, er hat selber Probleme mit der Zeit, aber er hat es noch nicht gemerkt. Eines Tages wird er dastehen und nicht weiterwissen. Dann werde ich ihn hämmern lassen, so viel er nur will. Und er wird ein schlechtes Gewissen haben, weil er es mir verweigert hat.

Jetzt glaube ich schon wieder, ich sehe das Empire State Building.

DER HUND

Wir wohnen in einem Haus mit Portier und Fahrstuhlführer.
Die Wohnung ist hübsch.
Aber in ihr ist ein Hund.
Ein Typ namens David soll kommen und den Hund abholen. Er hätte schon gestern kommen sollen.
Ich kenne mich mit Hunden nicht aus. Und mein Bruder hat Angst vor ihnen. Es stört uns, daß dieser Hund in der Wohnung ist.
Er ist schwarz.
Ich habe ihm zu fressen und zu trinken gegeben, aber ich weiß nicht, wie oft er fressen soll. Und so langsam muß mal wer mit ihm raus. Er ist seit gestern nicht mehr draußen gewesen, seit die Eigentümer der Wohnung nach New Orleans gereist sind, um dort Jazz zu hören oder so.
Der Hund will ganz deutlich mal raus. Er hält sich immer in der Nähe der Wohnungstür auf.
Mein Bruder sagt, ich muß mit dem Hund Gassi gehen. Er traut sich nicht.
Ich weiß nicht mal, wie der Hund heißt.

Ich nehme den schwarzen Hund an die Leine und gehe runter. Unterwegs frage ich den Fahrstuhlführer, ob er sich mit Hunden auskennt, aber er schüttelt den Kopf und sagt, so viel bräuchte man da gar nicht zu wissen. Der Hund weiß sicher selber, wohin er will.

Jetzt gehe ich mit einem Hund durch die Straßen von New York.

Er zerrt mich ein paar Häuserblocks südwärts, zu einem Park. Er will überall rumschnüffeln und hier und da hinpinkeln. Er pinkelt an alles mögliche.

Ich habe das mit den Hunden nie begriffen. Die Leute sagen immer, die sind so was von klug. Daß sie alles spüren und vor Katastrophen warnen. Vor Lawinen und Unfällen. Mag ja sein, daß das stimmt.

Aber dieser Hund hier wirkt nicht besonders aufgeweckt. Bis jetzt hat er mich noch vor gar nichts gewarnt.

Im Park dreht der Hund schier durch. Er sieht ein paar andere Hunde und fängt an, in die Luft zu springen. Völlig irrational.

Ich halte mich von den anderen Hundebesitzern etwas abseits. Ich weiß nicht, was der Hund von mir erwartet. Es kommt mir so vor, als würden mich alle anschauen. Eine Dame kommt zu mir herüber. Sie hat auch einen Hund. Sie behauptet, ihr Hund und mein Hund seien dicke Freunde. Ich sage, daß ich aus einem anderen Land komme und zum ersten Mal mit einem Hund Gassi gehe. Ich sage, ich weiß nicht einmal, wie der Hund heißt.

Die Dame sagt, mein Hund heißt Obi, und ich muß streng mit ihm sein.

Easy, Obi, sage ich.

Ich frage, wie oft er fressen und trinken muß und was ich tun soll, wenn er einen Haufen macht. Die Dame gibt mir eine Tüte. Sie fragt, ob ich denn keine Anweisungen bekommen habe, und ich sage, einer namens David soll den

Hund abholen kommen. Er kann jeden Augenblick kommen.
Ich rede mit Obi englisch.
Come on, sage ich. Good dog.

Jetzt hat sich Obi hingehockt, um zu kacken. Ins Gras. Ich ekle mich. Jogger und Kinder sehen mir zu, während ich die Kacke mit der Tüte aufsammele.
Jetzt stehe ich da, eine Tüte mit Hundekacke in der Hand. Absurd.
Das hier ist ein ganz anderes Leben.
Die Leute müssen denken, ich bin ein New Yorker Hundebesitzer. Daß ich hier lebe und eine Wohnung und einen Hund habe. Daß ich jeden Tag seine Hundehaufen aufsammele, vor und nach der Arbeit.
Ein schwindelerregender Gedanke.
Wenn ich kein New Yorker Hundebesitzer bin, bedeutet das, daß auch alle anderen etwas ganz anderes sein können als das, wonach sie aussehen.
Es bedeutet, daß man sich auf nichts verlassen kann.

All diese Menschen.
Sie sind überall. Auf den Straßen, in den Parks, in den Geschäften, in den Wolkenkratzern. Was treiben sie?
Unmöglich, ihnen anzusehen, was sie tun.
Ich nehme an, sie versuchen, die Dinge am Laufen zu halten. Genau wie wir in Norwegen und überall sonst. Sie versuchen, dafür zu sorgen, daß das Ganze funktioniert. Ich sehe sie, während sie von einem Ort zum anderen unterwegs sind, also aus ihrem Zusammenhang gerissen. Sie sind unterwegs zu einem anderen Ort, um dort die Dinge zum Funktionieren zu bringen. Die Dinge müssen

überall und auf vielen Ebenen funktionieren. Persönlich, familiär, bei der Arbeit und mit den Freunden, im Gemeindeleben und natürlich auch global.
Ganz schönes Programm.
Und während ich da mit dem Hund stehe, an irgendeiner Kreuzung auf der East Side von Manhattan, frage ich mich, ob all das irgendwann irgendwie auch bei mir klappen wird.
Ob ich es schaffe?
Ich glaube, ich bin nicht anders als andere. Ich habe dieselben Träume. Ich will eine Familie haben. Ich will ein Haus haben. Ein Auto. Warum sollte ich das nicht wollen? Schließlich wollen es alle.
Und wenn ich das alles habe, will ich, daß alles funktioniert.
Ich spüre, daß ich all diese Menschen mag. Ich verstehe sie. Es ist ganz natürlich, daß sie hier über die Straße gehen müssen, zu anderen Orten. Die Dinge müssen überall funktionieren.
Wir sitzen in einem Boot, denke ich. Haltet durch.
Am Ende wird schon alles gut werden.

HOPI

Ich quengele an meinem Bruder herum, daß ich auf die Spitze vom Empire State Building will. Er sagt, wir machen das an einem Tag mit Sonnenschein und klarer Sicht.
Wir laufen und laufen.
Wir sehen Häuser, Menschen und Autos an. Geschäfte. Wir essen und trinken. Ich habe einen Bund sehr kleine Bananen gekauft.
Wir sind mehrere Dutzend Kilometer gelaufen, und ich habe neue Schuhe bekommen, weil ich von den alten Blasen kriegte. Es hat sehr weh getan.
Schuhe von Nike sind das. Wanderschuhe. Mein Bruder hat sie mit einer von seinen Kreditkarten bezahlt.
Ich kaufe immer Nike. Und Levi's. Ich glaube, die sind am besten. Wirklich. Ich komme überhaupt nicht auf die Idee, andere Marken zu kaufen.
Offensichtlich hat da irgendwer seinen Job verdammt gut gemacht.

Mein Bruder interessiert sich für Kunst. Das habe ich gar nicht gewußt.
Es gibt vieles, was ich von ihm nicht weiß. Aber es ist schön, daß wir zusammen sind. Auch wenn er manchmal etwas streng ist.
Wir gehen ein bißchen durch SoHo. Besuchen Galerien.

Ich sehe die Pläne zu einem Projekt, das mich stark anspricht.
Jemand hat sich ausgedacht, er könnte eine riesige Betonstruktur errichten, und zwar genau auf dem Sankt-Andreas-Graben in Kalifornien. Eine Skulptur. Sie soll achtzig Meter lang werden und sechzig breit. Und sieben Meter hoch. Bestehen soll sie aus einem Beton, der als das stabilste Material überhaupt gilt. Der Block wird 65.000 Tonnen wiegen.
Aber der Boden, auf dem er stehen wird, bewegt sich. Ziemlich schnell sogar. Der Betonblock wird in zwei Teile gerissen werden, und die werden sich mit 6–9 cm pro Jahr voneinander wegbewegen.
In 43 Millionen Jahren wird das westliche Stück dort liegen, wo sich heute Alaska befindet.
Das ist Kunst, die etwas will. So müßten alle Projekte sein.

In einer anderen Galerie finde ich eine Mappe, die von Einstein handelt. Eine Kunststudentin hat sie gemacht. Sie hat jede Menge über Einstein gelesen und Informationen über ihn gesammelt und dann das Ganze unter dem Titel *The Einstein-Papers* in der Mappe gesammelt. Ich möchte sie kaufen. Sie kostet 20 Dollar. Mein Bruder findet das natürlich Quatsch. Er versucht es mir auszureden. Aber Einstein ist mein Freund. Ich kaufe die Mappe.
Mein Bruder schüttelt den Kopf.

Jetzt steht mein Bruder da und deutet auf das Empire State Building.
Ich sehe es. Es ragt in den Himmel. Die oberste Etage wird von einem blauen Scheinwerfer beleuchtet. Ich will da hin. Jetzt.

Aber mein Bruder hat andere Pläne.
Es ist spät. Er findet, wir sollten nach Hause gehen und fernsehen.

Wir trinken jeder ein Bier, während eine Dame im Fernsehen erzählt, falls ich einen Unfall erleiden sollte, egal wie groß oder wie klein, dann soll ich sie anrufen, und sie hilft mir, einen Prozeß anzustrengen und Geld von demjenigen zu bekommen, der an dem Unfall schuld war oder dem der Grund und Boden gehört, auf dem der Unfall sich ereignet hat. Wie sie es sagt, klingt es ganz einfach.
Ich liege auf dem Bett und lese *The Einstein-Papers*.
Es sind nur gut zwanzig A4-Seiten. Ein paar Bilder und ein bißchen Geschriebenes hier und da. Die Frau, die die Mappe gemacht hat, Claire, schreibt, Einstein sei ein netter Mann gewesen, der sich um die Menschen kümmerte und dem es sehr wichtig war, daß die Wissenschaft sich auf die Menschheit segensreich auswirkte.
Einstein hatte zwei Ziele im Leben, steht da. Das erste war, ein einfaches Leben zu leben. Das andere war, eine Theorie zu formulieren, die die Zusammenhänge in der Natur erklärt und in letzter Instanz Frieden und Gerechtigkeit für alle bringt.
Einer der Bögen ist eine Kopie von einer Seite aus dem Manuskript, in dem Einstein seine Theorie verfaßt hat. Ich schaue das Blatt ehrfürchtig an.
Ein paar Wörter und Zahlen.
Vielleicht steht hier ja, daß es eigentlich keine Zeit gibt.
So sieht das Blatt aus:

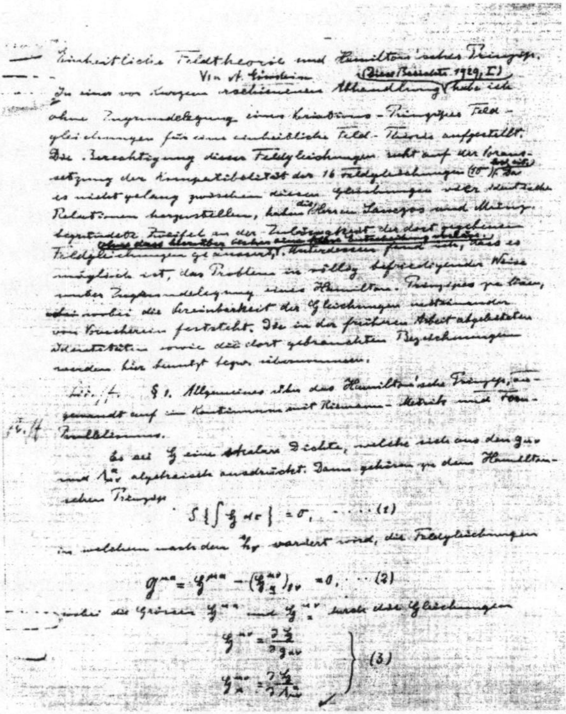

Einheitliche Feldtheorie und Hamilton'sches Prinzip.
Von A. Einstein (Sitz. Berichte 1929, I)

In einer vor kurzem erschienenen Abhandlung habe ich ohne Zugrundelegung eines Variations-Prinzipes Feldgleichungen für eine einheitliche Feld-Theorie aufgestellt. Die Berechtigung dieser Feldgleichungen ruht auf der Voraussetzung der Kompatibilität der 16 Feldgleichungen (20 ...). Da es nicht gelang zwischen diesen Gleichungen vier identische Relationen herzustellen, haben die Herren Lanczos und Müntz begründete Zweifel an der Zulässigkeit der dort gegebenen Feldgleichungen geäussert. Unterdessen fand ich, dass es möglich ist, das Problem in völlig befriedigender Weise unter Zugrundelegung eines Hamilton-Prinzipes zu lösen, wobei die Vereinbarkeit der Gleichungen miteinander von vornherein feststeht. Die in der früheren Arbeit abgeleiteten Identitäten sowie die dort gebrauchten Bezeichnungen werden hier benutzt bezw. übernommen.

§ 1. Allgemeines über das Hamilton'sche Prinzip, angewandt auf ein Kontinuum mit Riemann-Metrik und Fern-Parallelismus.

Es sei $\mathfrak{H}$ eine skalare Dichte, welche sich aus den $g_{\mu\nu}$ und $\Lambda^{\alpha}_{\mu\nu}$ algebraisch ausdrückt. Dann gehören zu dem Hamilton'schen Prinzip

$$\delta\left\{\int \mathfrak{H}\, d\tau\right\} = 0, \quad \ldots (1)$$

in welchem nach den $h_{s\nu}$ variiert wird, die Feldgleichungen

$$\mathfrak{G}^{\mu\alpha} = \mathfrak{H}^{\mu\alpha} - (\mathfrak{H}^{\mu\alpha}_{\sigma})_{/\sigma} = 0, \quad \ldots (2)$$

wobei die Grössen $\mathfrak{H}^{\mu\nu}$ und $\mathfrak{H}^{\mu\nu}_{\alpha}$ durch die Gleichungen

$$\left.\begin{aligned} \mathfrak{H}^{\mu\nu} &= \frac{\partial \mathfrak{H}}{\partial g_{\mu\nu}} \\ \mathfrak{H}^{\mu\nu}_{\alpha} &= \frac{\partial \mathfrak{H}}{\partial \Lambda^{\alpha}_{\mu\nu}} \end{aligned}\right\} \quad (3)$$

Albert Einstein, 6 1/4 page autograph manuscript of his paper,
***Einheitliche Feldtheorie und Hamilton'sches Prinzip,* 1929.**

SWANN GALLERIES

from my study of Einstein   Claire Frankel

Das Schönste in der Mappe ist ein Bild von Einstein zusammen mit einer Gruppe Indianer. Einstein lächelt und trägt einen Federschmuck auf dem Kopf. Und Claire schreibt, er habe einmal gesagt, die Hopi-Indianer hätten die besten Voraussetzungen, um die Relativitätstheorie zu verstehen. Ihre Sprache hat kein Wort für Zeit, und es gibt bei ihnen keine Vorstellung von Vergangenheit und Zukunft. Sie erleben die Zeit nicht als linear, sondern als einen kreisförmigen Raum, in dem Vergangenheit, Gegenwart und Zukunft stets nebeneinander existieren.
Wenn ich nach Hause komme, werde ich untersuchen, ob es in Oslo eine Hopi-Gruppe gibt und ob ich bei ihnen mitmachen kann, obwohl ich kein Hopi bin.

Vor dem Einschlafen schreibe ich auf, woran ich mich von den beiden ersten Tagen in dieser Stadt am besten erinnere:
- Ein Mann in Uniform kam aus einem Gebäude gelaufen, um einer elegant gekleideten Frau, die aus dem Taxi stieg, das Gepäck zu tragen
- Vier Jungen mit asiatischen Gesichtern spielten auf der Wiese in einem Park Volleyball
- Ein Mann spielte in einem U-Bahnhof klassische Gitarre
- Ein großer Bereich, den man abgesperrt hatte, weil eine Wasserleitung geborsten war
- Ein Junge lief in einem Park herum, während sein Papa versuchte, seine Aufmerksamkeit auf einen Stock zu lenken
- Ein Schaufenster voll aufblasbarer Kissen
- Ein großer Mann sprach russisch und briet Hamburger in einer Riesenmenge Butter
- Eine große Flasche Bier

– Ein Mann mit Rollerblades hatte erst einen Beinahe-Crash mit einer Frau und dann einen Beinahe-Crash mit einem Auto
– Ein orthodoxer Jude mit Walkman und roten Joggingschuhen
– Ein Mädchen verteilte eine neue Kaugummisorte und sagte, sie seien nur heute gratis
– Ein Mann saß auf dem Bürgersteig hinter einem Stück Pappe, auf dem stand, er habe kein Geld mehr und sei HIV-positiv
– Ein Mädchen kam in ein Geschäft und fragte, ob es dem Mann hinter dem Tresen gutgehe
– Eine Dame mit Sonnenbrille sagte im Café zu ihrer Freundin, sie hätte bis morgens um vier mit einem Mann geredet und das wäre eine Beziehung, zu der sie Vertrauen hätte
– Ein Restaurantinhaber schwang draußen auf dem Bürgersteig einen Golfschläger, während wir aßen
– Ein sehr langes Auto mit mattschwarzen Fenstern, in das niemand hineinsehen konnte
– Eine chinesische Porno-Zeitschrift mit einem Mädchen auf dem Titelblatt, das sich eine Hand vor die Brust hielt.

1-800-PARKS

Als ich aufwache, hat Obi meine kleinen Bananen vom Küchentisch gezerrt. Jetzt liegen sie auf dem Fußboden verstreut.
Ich schüttele den Kopf und sage Obi, Obi.
David ist immer noch nicht dagewesen. Vorgestern hätte er kommen sollen.

Jemand muß mit Obi Gassi gehen.
Ich muß mit Obi Gassi gehen.
Ich ziehe die neuen Nikes an.
Jetzt gehen Obi und ich raus. Es regnet.
Am Eingang zum Park hängt ein Schild mit einer Telefonnummer, wo man anrufen soll, wenn man ein Parks-related problem hat.
Obi kann man als ein solches Problem ansehen. Ich notiere die Nummer. 1-800-Parks. Wenn David Obi nicht heute im Laufe des Tages abholt, rufe ich da an.
Ein Mann winkt aus einigem Abstand und fragt, ob Obi ein Rüde oder eine Hündin ist. Offenbar ist sein Hund eine Hündin und gerade läufig. Übrigens läßt er sie ohne Leine laufen.
Ich rufe zurück, daß ich das nicht weiß.
Der Mann schaut mich an und schüttelt den Kopf. Er findet mich seltsam.

Jetzt treffe ich einen anderen Mann mit einem Hund. Er kennt Obi, sagt er. Er sagt, Obi hat einen schnellen Stoffwechsel, und ich muß Obi öfter füttern als er seinen Hund. Eine sinnlose Information. Er sagt nichts darüber, wie oft er seinen Hund füttert. Aber er erzählt mir, daß Obi ein Rüde ist.

Ich habe nur eine Tüte mit, und als Obi sich hinhockt, um ein zweites Mal zu kacken, bringt er mich in Verlegenheit. Er kackt auf den Bürgersteig. Als er fertig ist, gehen wir auf die andere Straßenseite und tun so, als ob nichts wäre.
Shame on you, sage ich zu Obi. Bad dog.

Es ist absurd, mit einem Hund durch New Yorker Straßen zu gehen.
Aber es gibt mir einen Blick für die Zusammenhänge. Einen genauen.
Ich bin so weit weg von zu Hause. In einer großen Stadt. All diese Menschen. Und ich bin nur einer davon.
Das einzige, was ich jederzeit wissen kann, ist, woran ich selber denke.
Woran die anderen denken, ahne ich nicht.
Denken sie, daß der Weltraum groß und gefährlich ist?
Ich denke das.
Denken sie manchmal daran, wie es war, als sie klein waren?
Ich denke daran.
Und woran glauben sie?
Ich glaube daran, daß niemand allein sein muß. Daß man mit jemandem zusammensein kann. Mit Freunden. Mit denen, die man liebt. Ich glaube, es ist wichtig zu lieben. Ich glaube, Liebe ist das Wichtigste.

Während mein Bruder Frühstück macht, schreibe ich Lise eine Karte.
Ich schreibe:
Hei Lise,
New York ist so groß. Ich habe ein ähnliches Gefühl wie mit dem Weltraum. Daß ich von der Verantwortung befreit bin. Daß ich nichts tun kann außer zu versuchen, es mir gutgehen zu lassen. Ich gehe Gassi mit einem Hund namens Obi. Wir wohnen in einem Haus mit Portier. Der trägt eine Uniform und sagt how are you today, mister, und ich sage fine. Mein Bruder möchte nicht, daß ich über Zeit und Weltraum rede. Ich freue mich drauf, dich wiederzusehen. Ich habe nicht gehämmert, seit ich dich zuletzt gesehen habe. Ich glaube, Liebe ist das Wichtigste.

Als ich vom Briefkasten zurückkomme, ist Obi weg.
David war da und hat ihn geholt.
Ich brauche 1-800-Parks nicht anzurufen.
Ich frage, was David gesagt hat, aber mein Bruder sagt, er hätte so gut wie nichts gesagt. Hat sich nur entschuldigt, daß er zwei Tage zu spät kommt, und dann hat er gefragt, ob die kleinen Bananen echt sind.
In Amerika weiß man nicht, ob Obst, das am Boden liegt, echt ist oder aus Plastik.

Während wir essen, fragt mein Bruder, was ich glaube.
Wie glaube?, frage ich.
Überhaupt, sagt er.
Ich erzähle von dem Gefühl des Zusammenhangs und daß ich finde, New York ist ähnlich wie der Weltraum und daß Liebe das Wichtigste ist.
Mein Bruder nickt.

Er fragt, ob ich schon mal erwogen habe, weniger zu denken. Ich sage, das erwäge ich täglich, aber es ist gar nicht so leicht.
Mein Bruder sagt, ich sollte mir öfter Dinge vornehmen, die man einfach nur zu erleben braucht.
Zum Beispiel?, meine ich.
Spiele, sagt er. Und er sagt, heute soll ich ihn entscheiden lassen, was wir tun.
Ich frage ihn, wofür er sich entscheidet.
Er entscheidet sich für etwas, wobei wir wenig denken und viel lachen.
Ich bin dabei, sage ich.

DIE BIBLIOTHEK

Wir sitzen in der New York Public Library.
Mein Bruder hat entschieden, daß wir hierhergehen.
Eine schöne Bibliothek. Groß. Massenweise Menschen.
Und Aufseher, die darauf achten, daß keiner Bücher mitnimmt.
Ich schaue mir Zeitschriften an.
In einer Nummer der TIMES sehe ich das Foto einer Gaswolke irgendwo im Universum.
Ein Satellit hat das Bild aufgenommen, und der Text erklärt, die Wolke messe mehrere Trillionen Kilometer im Durchmesser.
So gehört sich das.
Mein Bruder sitzt am anderen Ende des Saals vor einem Computer. Ich kann sehen, wie er in sich hineinlacht. Er winkt mich zu sich.
Meinem Bruder genau gegenüber sitzt ein Obdachloser und liest. Seine ganzen Plastiktüten stehen am Boden. Sicher fünfzehn. Und seine Kleidung ist völlig zerlumpt. Aber er liest ein Buch namens Economic Science.
Die Frau in dem Hotelfahrstuhl in Oslo hatte recht, als sie sagte, die Welt sei vielschichtiger, als ich dächte.

Mein Bruder ist nicht so vielschichtig.
Er sitzt da und sucht nach Autoren mit versauten Namen.

Er gibt ein versautes Stichwort ein.
Er lacht und lacht. Ich finde das ein bißchen peinlich.
Aber als die Antwort kommt, muß ich auch lachen.
Es ist furchtbar kindisch, aber sehr schön.
Es reißt mich mit. Und beim Lachen schaue ich mich um und hoffe, niemand sieht, was wir hier treiben.
Wir sitzen lange da. Vielleicht eine Stunde. Ein großartiges Erlebnis. Es ist lange her, daß ich so gelacht habe. Es ist so komisch, wie weit der dreckige Name und die Ernsthaftigkeit dessen, was und worüber die Leute geschrieben haben, voneinander entfernt sind. Manchmal ist es auch nur einfach befriedigend, die Wörter auf dem Bildschirm erscheinen zu sehen. Ich merke, daß wir wen austricksen können.
Mein Bruder und ich übertreffen uns dabei, uns Wörter auszudenken.
Ein paar davon sind wirklich total versaut.
Hier ist einiges von dem, was wir finden:

(Next Page)(Extended Display)(Start Over)(Another Search)(Limit/Sort)(E-mail)

You searched for the AUTHOR: **titte**
29 AUTHORS found with 46 ENTRIES

1. Tittel Ernst 1910- (3 entries)
2. Tittel Ernst 1910-1969
3. Tittel Gerhard
4. Tittel Gottfried
5. Tittel Josef (2 entries)
6. Tittel Kurt
7. Tittel Lutz (9 entries)
8. Tittel M
9. Tittel Paulus
10. Tittel-Schilperoort M E
11. Tittelbach Vojtech 1900-1971
12. Tittelmans Franciscus 1502-1537

(Next Page)(Extended Display)(Start Over)(Another Search)(Limit/Sort)(E-mail)

(Next Record)(Previous Record)(Return To Browse)(Another Search)(Start Over)(E-mail)
You searched for the AUTHOR: **titte**
Record 10 of 29

Location	Humanities-Gen Research
Call #	D-19 1440
Author	Tittel-Schilperoort, M. E.
Title	**De gehoorzame hond. Opvoeding, opleiding voor het gedrag- en gehoorzaamheidsdiploma, voorbrengen op tentoonstellingen. [Door] M. E. Tittel-Schilperoort.**
Imprint	Amsterdam, Antwerpen, Kosmos [1969]
Descript	96 p. with illus. 21 cm.
Subject	Dogs -- Training.

(Next Record)(Previous Record)(Return To Browse)(Another Search)(Start Over)(E-mail)

(Next Page)(Previous Page)(Extended Display)(Start Over)(Another Search)(E-mail)

You searched for the AUTHOR: **fotze**
No matches found; nearby items are:

- ☐ Fotsch-Middelschulte Dagmar
- ☐ Fotsing Jean-Baptiste
- ☐ Fotso Francois
- ☐ Fottering Hans-Gert 1945-
- ☐ Fottler Myron D
- ☐ Fottorino Eric (10 entries)
- ☐ Foty D Daniel
- **Your entry *Fotze* would be here**
- ☐ Fou Raisonnable
- ☐ Fou Tsong
- ☐ Fouad Abdel-Aziz A
- ☐ Fouad Mahmoud
- ☐ Fouad Manal

(Next Page)(Previous Page)(Extended Display)(Start Over)(Another Search)(E-mail)

Call #	JXE 73-13
Author	Schwanz, Peter.
Title	**Imago Dei als christologisch-anthropologisches Problem in der Geschichte der Alten Kirche von Paulus bis Clemens von Alexandrien.**
Imprint	Halle (Saale) M. Niemeyer, 1970.
Descript	248 p. 25 cm.
Series	Arbeiten zur Kirchengeschichte und Religionswissenschaft, Bd. 2
Note	Originally presented as author's theses, Leipzig, 1965.
	Bibliography: p. 233-248.
Subject	Image of God -- History of doctrines.

You searched for the AUTHOR: **schwanz**
Record 2 of 2

Call #	*Z-3010
Author	Schwanzara, Josef Rudolf Leo, 1878-1962.
Title	**Der Kampf mit dem Tatzelwurm, Lustpiel in drei Akten, von Leo Lenz und Ralph Arthur Roberts.**
Imprint	Berlin, Drei Masken Verlag, 1936.
Descript	117 p. 21 cm.
Note	Microfilm.
Subject	German drama.
Add'l name	Roberts, Ralph Arthur, pseud. joint author.

You searched for the AUTHOR: **ficker**
Record 3 of 17

Location	Humanities-Gen Research
Call #	JFD 87-4569
Author	Ficker, Cornelia.
Title	**Das literarisch ambitionierte niederdeutsche Hörspiel / Cornelia Ficker.**
Imprint	Leer : Schuster, c1985.
Descript	190 p. ; 21 cm.
	Schriften des Instituts für Niederdeutsche Sprache. Reihe: Dokumentation ; Nr. 11
Series	Institut für Niederdeutsche Sprache. Schriften. Reihe. Dokumentation ; Nr. 11.
Note	Bibliography: p. 171-189.
Subject	Radio plays -- Germany -- History and criticism.
	Low German drama -- History and criticism.

(Next Record)(Previous Record)(Return To Browse)(Another Search)(Start Over)(E-mail)
You searched for the AUTHOR: **lutschen**

Location	Humanities-Gen Research
Call #	JFF 91-2672
Author	Lutsch, Ernst.
Title	**Dudeldorf : Lebensverhältnisse, Wirtschaft, demographische Strukturen und Bewohner bis zur Mitte des 19. Jahrhunderts / Ernst Lutsch.**
Imprint	Trier : THF, 1991.
Descript	xv, 423 p. : ill., maps ; 24 cm.
Series	Trierer historische Forschungen, 0720-9096 ; Bd. 16
Note	Revision of the author's thesis (doctoral)--Universität Mainz, 1986/87.
	Includes bibliographical references (p. 307-330).
Subject	Dudeldorf (Germany) -- Population.
	Dudeldorf (Germany) -- Economic conditions.
	Dudeldorf (Germany) -- Social conditions.

(Next Record)(Previous Record)(Return To Browse)(Another Search)(Start Over)(E-mail)

(Next Record)(Previous Record)(Return To Browse)(Another Search)(Start Over)(E-mail)

You searched for the AUTHOR: **lutschen**

Location	Performing Arts-Music
Call #	JMD 80-386
Author	Lutschewitz, Martin, 1922-
Title	**Neue Orgelmusik (seit 1960) : Aspekte hinsichtl. ihrer Funktionen u. Bedeutung in Kirche, Gottesdienst u. Gemeinde / Martin Lutschewitz.**
Imprint	Hamburg : Verlag der Musikalienhandl. Wagner, 1978.
Descript	77 p. : 15 ill. ; 21 cm.
Series	Schriftenreihe zur Musik, Bd. 14
Note	Originally presented as the author's thesis, Hamburg, 1976.
	Discography: p. 69.
	Bibliography: p. 60-66.
Subject	Organ music -- History and criticism.
	Music -- History and criticism -- 20th century.

(Next Record)(Previous Record)(Return To Browse)(Another Search)(Start Over)(E-mail)

You searched for the AUTHOR: **wichsen**

Location	Humanities-Gen Research
Call #	JFD 82-3905
Author	Wichser, Lena.
Title	**Zum 80. Geburtstag von Dr. h.c. Heinrich Küng : eine Bibliographie / bearb. von Lena Wichser.**
Imprint	Basel [Leonhardsgraben 46 : L. Wichser], 1978.

Descript	51 p. ; 21 cm.
Subject	Küng, Heinrich -- Bibliography.
	Switzerland -- Economic conditions -- 1918- -- Bibliography.
Add'l name	Küng, Heinrich.

(Next Record)(Previous Record)(Return To Browse)(Another Search)(Start Over)(E-mail)
You searched for the AUTHOR: **loch**
Record 5 of 152

Location	Humanities-Gen Research
Call #	JFD 94-3993
Author	Loch, Dietmar, 1960-
Title	**Der schnelle Aufstieg des Front National : Rechtsextremismus im Frankreich der 80er Jahre / Dietmar Loch.**
Imprint	München : Tuduv-Verlagsgesellschaft, c1990.

Descript	175 p. : ill., maps ; 21 cm.
Series	Tuduv-Studien. Reihe Politikwissenschaften ; Bd. 36
Note	Includes bibliographical references (p. 169-175).
Subject	Front national (France : 1972)
	France -- Politics and government -- 1981-
	Conservatism -- France -- History -- 20th century.

(Next Record)(Previous Record)(Return To Browse)(Another Search)(Start Over)(E-mail)

(Next Record)(Previous Record)(Return To Browse)(Another Search)(Start Over)(E-mail)
You searched for the AUTHOR: **po**
Record 9 of 5000

Location	Humanities-Oriental
Call #	*OVY 86-4134
Title	**Cheng shih ching chi ti chih kai ko pi tan / Po Ming-chien chu pien.**
Edition	Ti 1 pan.
Imprint	Shen-yang : Liao-ning jen min chu pan she : Liao-ning sheng hsin hua shu tien fa hsing, 1985.

Descript	2, 2, 201 p. ; 19 cm.
Note	Colophon title also in pinyin: Chengshi jingji tizhi gaige bitan.
	In Chinese.
Subject	China -- Economic policy -- 1976-
	Cities and towns -- China.
Add'l name	Po, Ming-chien.
Alt title	Chengshi jingji tizhi gaige bitan.

(Next Record)(Previous Record)(Return To Browse)(Another Search)(Start Over)(E-mail)

You searched for the AUTHOR: **sack**
Record 10 of 205

Location	Humanities-Jewish
Call #	*PQA 95-2100
Author	Sack, Bracha, 1933-
Title	**Be-shaare ha-Kabalah shel Rabi Mosheh Kordovero.**
Imprint	[Beer Sheva] : Universitat Ben-Guryon ba-Negev, c1995.
Descript	386 p. : facsims ; 24 cm.
Note	Includes bibliographical references and index.
Subject	Cordovero, Moses ben Jacob, 1522-1570 -- Criticism and interpretation.
	Cabala -- Early works to 1800 -- History and criticism.
Alt title	Title on verso of t.p. Kabbalah of Rabbi Moshe Cordevero [sic].
	Kabbalah of Rabbi Moshe Cordovero

(Extended Display)(Start Over)(Another Search)(Limit/Sort)(E-mail)
You searched for the AUTHOR: **eier**
4 AUTHORS found with 6 ENTRIES

1. Eier Richard
2. Eier Sigfred L (3 entries)
3. Eiermann Egon 1904-1970
4. Eiermann Richard

(Extended Display)(Start Over)(Another Search)(Limit/Sort)(E-mail)

The New York Public Library

You searched for the AUTHOR: **eier**
Record 1 of 3

Location	Humanities-Gen Research
Call #	F-10 3466
Author	Forsikringsselskapet Norge, a/s.
Title	**Forsikringsselskapet Norge, 1857-1957. [av] Sigfred L. Eier.**
Imprint	[Drammen, 1957]
Descript	173 p. illus., ports. 26 cm.
Note	Bibliography, p. 163-[165]
Add'l name	Eier, Sigfred L.

You searched for the AUTHOR: **kacke**
Record 1 of 3

Location	Humanities-Gen Research
Call #	JFD 89-5330
Author	Kacker, Loveleen, 1954-
Title	**Pitaji : a novel / Loveleen Kacker.**
Imprint	Calcutta : Writers Workshop, 1987.
Descript	163 p. ; 23 cm.

You searched for the AUTHOR: **piss**
Record 4 of 26

Location	Humanities-Gen Research
Call #	JFD 87-8676
Author	Pissanos, Paulos K.
Title	**Pano kai kato ap to choma / Paulou K. Pissanou.**
Imprint	Athena : Organismos "Pissanos", [1983]
Descript	139 p. : ill. ; 22 cm.
Note	Poems.

(Next Record)(Previous Record)(Return To Browse)(Another Search)(Start Over)(E-mail)

(Next Record)(Previous Record)(Return To Browse)(Another Search)(Start Over)(E-mail)
You searched for the AUTHOR: **piss**
Record 6 of 26

Location	Humanities-Gen Research
Call #	JFD 93-15934
Title	**Die Frau in der Sicht der Anthropologie und Theologie / herausgegeben von Herlinde Pissarek-Hudelist ; mit Beiträgen von Wolfgang Beinert...[et al.]**
Imprint	Düsseldorf : Patmos, c1989.
Descript	176 p. ; 21 cm.
Series	Schriften der Katholischen Akademie in Bayern ; Bd. 129
Note	Includes bibliographical references.
	Lectures from a conference of the same title held by the Katholische Akademie in Bayern in May 1988.
Subject	Woman (Christian theology)
Add'l name	Pissarek-Hudelist, Herlinde.
	Beinert, Wolfgang.

(Next Record)(Previous Record)(Return To Browse)(Another Search)(Start Over)(E-mail)

Irgendwann steht mein Bruder auf und geht raus, eine Tafel Schokolade kaufen. Ich sage, ich komme bald nach. Ich will nur noch ein paar Wörter ausprobieren, sage ich. Vielleicht habe ich ein etwas schlechtes Gewissen, daß wir uns so lange auf Kosten anderer amüsiert haben.
Ich suche mit ein paar netteren Wörtern.
Das ist nicht genauso lustig, aber ich habe das Gefühl, ich schaffe eine Art Gleichgewicht.
Das hier finde ich:

(Next Record)(Previous Record)(Return To Browse)(Another Search)(Start Over)(E-mail)

You searched for the AUTHOR: **uhr**
Record 13 of 44

Location	Humanities-Gen Research
Call #	D-13 6449
Author	Uhrberg, Artur.
Title	**Skärgards-rapsodi: berättelser fran Bohuslän.**
Imprint	Göteborg, Rundqvist, 1961.
Descript	140 p. 23 cm.
Subject	Bohuslän (Sweden) -- Description and travel.

(Next Record)(Previous Record)(Return To Browse)(Another Search)(Start Over)(E-mail)

You searched for the AUTHOR: **zeit**
Record 1 of 5

Location	Humanities-Gen Research
Call #	JFE 90-3952
Title	**Before sexuality : the construction of erotic experience in the ancient Greek world / David M. Halperin, John J. Winkler, and Froma I. Zeitlin, editors.**
Imprint	Princeton, N.J. : Princeton University Press, c1990.

Descript	xix, 526 p. : ill. ; 25 cm.
Note	Includes bibliographies.
Subject	Sex customs -- Greece -- History.
	Sex (Psychology)
	Sex role -- Greece -- History.
Add'l name	Halperin, David M., 1952-
	Winkler, John J.
	Zeitlin, Froma I.

You searched for the AUTHOR: **haemmerbrett**

No matches found; nearby items are:

- ☐ Haelst Joseph Van (2 entries)
- ☐ Haelwegh Adriaen B Ca 1637
- ☐ Haelyon Yaacov (2 entries)
- ☐ Haem Raymond
- ☐ Haemel Adalbert 1885-
- ☐ Haemers W H
- ☐ Haemers Wilhelmus Hubertus 1948-

Your entry *Haemmerbrett* would be here

- ☐ Haemmerle Albert (3 entries)
- ☐ Haemmerle Alois
- ☐ Haemmerling Konrad 1888-
- ☐ Haemmerling Konrad 1888-1957
- ☐ Haemophilia Society Great Britain

(Next Page)(Extended Display)(Start Over)(Another Search)(Limit/Sort)(E-mail)
You searched for the AUTHOR: **ball**
1341 AUTHORS found with 3030 ENTRIES

1. Ball A
2. Ball A Gordon
3. Ball Abraham 1908- (3 entries)
4. Ball Adrian (6 entries)
5. Ball Alan (2 entries)
6. Ball Alan M
7. Ball Alan R (6 entries)
8. Ball Alan William (4 entries)
9. Ball Albert Harry Roy
10. Ball Alec
11. Ball Alec C
12. Ball Alice Morton (3 entries)

(Next Page)(Extended Display)(Start Over)(Another Search)(Limit/Sort)(E-mail)

(Next Record)(Previous Record)(Return To Browse)(Another Search)(Start Over)(E-mail)
You searched for the AUTHOR: **lise**
Record 15 of 29

Location	Humanities-Slav & Baltic
Call #	*QY 84-2060
Author	Gudaitis-Guzevicius, A., 1908-1969.
Title	**Didvyriskumo estafete : publicistika / Aleksandras Gudaitis-Guzevicius ; [sudare Liudvika Lisenkaite].**
Imprint	Vilnius : Vaga, 1981.

Descript	581 p. ; 21 cm.
Note	Includes bibliographical references and index.
Subject	Lithuanian literature -- History and criticism -- Addresses, essays, lectures.
Add'l name	Lisenkaite, Liudvika, 1928-

(Next Record)(Previous Record)(Return To Browse)(Another Search)(Start Over)(E-mail)

You searched for the AUTHOR: **lise**
Record 3 of 29

Location	Humanities-Gen Research
Call #	8-BZAZ+ (Lise (Motor tanker). M/T "Lise"s julehefte)
Author	Lise (Motor tanker).
Title	**M/T "Lise"s julehefte, 1940. God jul!**
Imprint	[At sea, 1940]
Descript	46 l. illus. 36 cm.
Note	One of forty typewritten copies compiled by the crew of the Norwegian tanker "Lise," Christmas 1940, while in service between Great Britain and the United States; illustrated and edited by H. Quistgaard.
Local note	Photostatic reproduction.
	With autograph of editor.
	With photostatic reproduction of two photographs (on 1 l.) showing exterior and interior of a small motor boat in which a group of Norwegians escaped from Norway to Scotland in 1941.
Subject	World War, 1939- -- Gift books, literary miscellanies, etc.
	Christmas -- Poetry, songs, hymns, etc., Norwegian.
Add'l name	Quistgaard, H., d. 1944, ed.

Wir gehen weiter durch die große Stadt.
Das war ein ausgesprochen geglückter Vormittag.
Während wir in der Bibliothek waren, habe ich so gut wie keinen Gedanken gedacht.
Nur gelacht.
Ich sage zu meinem Bruder, das war eine gute Entscheidung.

Jetzt stehen wir vor dem Empire State Building. Es regnet immer noch, also gehen wir weiter.
Ich sehe das Gebäude an. Es ist riesig. Die Spitze ist nicht zu sehen. Aber ich weiß, die Zeit geht dort oben ein bißchen schneller. Ich teile es meinem Bruder mit, aber er findet das gaga.

DER PARK

Diese Stadt macht es einem leicht, an Großes zu denken.
Ich denke an Pauls Buch. Es verwirrt mich.
Die einzige Frage, die zählt, dürfte doch sein, ob die Dinge besser werden oder schlechter.
Das gilt für mich, und es gilt für alle anderen Menschen, für die Tiere und die ganze Welt.
Und all das Zeug von wegen, was in einer Milliarde Milliarden Jahren passiert, betrifft mich strenggenommen nicht. Das geht mir plötzlich auf. Vielleicht ist das ja egoistisch, aber mich kümmert das, was passiert, während ich lebe, sehr viel mehr als das, was hinterher passiert.
Der Gedanke hat etwas unglaublich Befreiendes an sich.
Ich denke ihn, während mein Bruder und ich im Central Park Frisbee spielen.
Wir spielen schon lange.
Wir entfernen uns immer weiter voneinander. Mein Bruder hat eine sehr gute Frisbee-Scheibe gekauft, schwer und stabil. Manchmal habe ich das Gefühl, ich kann sie so weit werfen, wie ich nur will.
Jetzt werfe ich.
Mein Bruder fängt auf.
Jetzt wirft mein Bruder.
Ich fange auf.

Es ist schon mehrere Minuten her, daß einer von uns das Frisbee hat fallen lassen.
Mein Bruder gibt sich mächtig Mühe. Er rennt, so schnell er kann, springt und hechtet.
Seine Begeisterung steckt mich an.
Ich denke: Ich sollte nie aufhören, Sachen zu werfen.
Ich denke: Ich glaube an die Reinigung der Seele durch Spiel und Freude.

DÜMMER

Es ist Abend, und ich bin am ganzen Leibe erschöpft von all dem Spielen und Gehen. Wohltuend erschöpft. Wie wenn wir von Skitouren nach Hause kamen, als ich klein war.
Und ich habe eine Blase von der Frisbee-Scheibe, auf der Seite des rechten Zeigefingers.
Bald steche ich ein Loch in die Blase, desinfiziere sie und klebe ein Donald-Duck-Pflaster drauf. Im Badezimmerschrank sind jede Menge Donald-Duck-Pflaster.
Mein Bruder fragt, ob ich den Tag genossen habe, und ich sage ja. Ich sage, morgen will ich weiterspielen.
Er lächelt mir zu und sagt, jetzt erkennt er mich so langsam wieder.
Er sagt, ich muß mir diese ganzen unheimlichen Gedanken abgewöhnen.
Vergiß das Zeug mit dem Weltraum, sagt er.

Jetzt serviert er mir japanisches Take-away-Essen und macht den Fernseher an.
Heute geht es um einen Jungen, der ganz dünn war, als er in die High-School kam. Die Mädchen finden ihn nicht besonders cool, und als er das hübscheste Mädchen aus seiner Klasse fragt, ob sie ihn zu einem Fest begleiten möchte, sagt sie nein.
Dann sind ein paar Jahre vergangen, und der Junge hat

sich total verändert. Er hat einen Bart und Muskeln bekommen, rennt die ganze Zeit auf der Bühne herum und zeigt seine dicken Oberarme. Das Publikum jubelt. Und er hat eine Freundin, die noch hübscher ist als damals die Hübscheste aus seiner Klasse.
Und die kommt jetzt auch auf die Bühne.
Jetzt kann sie sich ärgern.
Die Sendung handelt davon, daß es nicht auf unser Äußeres ankommt, sondern auf das Innere.
Ich habe den Eindruck, die Amerikaner sind ein bißchen dümmer als ich.
Mein Bruder glaubt das auch. Und Papa erst recht, todsicher.

Das habe ich heute gesehen:
- Ein Schwarzer nannte sein Fahrrad bitch
- Ein Geschäft, in dem Ausrüstung für Feuerwehrleute verkauft wird
- Ein Bild von Dalí mit Uhren, die dahingen, als ob sie geschmolzen wären
- Zwei Männer mit jüdischen Käppchen kamen aus einem Krankenwagen gesprungen
- Fünf schwarze Jugendliche gingen im Park spazieren, jeder seinen Ghettoblaster auf der Schulter. Sie unterhielten sich miteinander, aber keiner von ihnen kann etwas anderes gehört haben als seine Musik
- Ein Wolkenkratzer, der noch nicht fertig war
- Ein kleiner Junge rauchte in einem Park Dope
- Ein Geschäft hatte so viele Zeitungen, daß ich sie nicht zählen konnte
- Ein älterer, unrasierter Mann und eine ziemlich junge Frau schliefen aneinandergelehnt auf einer Bank

– Ein Fahrradgeschäft mit meinem Lieblingsfahrrad
– Ein dünner alter Mann, dem der Schlips über die Schulter hing, schrie laut auf ein Auto ein, das bei Rot über die Kreuzung fuhr
– Eine Verkäuferin in einem Jeansladen hatte nichts zu tun
– Ein Polizist auf einem Fahrrad, mit einer Pistole
– Ein Schwarzer trommelte auf leeren Farbeimern, einer Brotdose und einem Ofenrost. Er machte das unglaublich gut, und ich gab ihm etwas Geld
– Ein Mann ging kaffeetrinkend über die Straße
– Ein Mann gab einem Mädchen, das er nicht kannte, eine Adresse in Paris
– Ein Fitneßcenter, wo die Leute in Tretmühlen liefen und dabei auf vier Fernsehschirme schauten
– Ein Rosenstrauß, der verstreut auf der Straße lag
– Eine Mülltonne voll abgetrennter Schweine- und Kuhfüße
– Ein kleines Mädchen warf einen Ball an eine Wand, während ihr Papa hinter ihr stand und sagte, daß sie das gut machte
– Eine Dame wurde wütend, als sie feststellte, daß sie mir ein Vanilleeis gemacht hatte, dabei hatte ich ein Schokoladeneis bestellt.

NAH

Ich fühle mich obenauf.
Zum ersten Mal seit sehr, sehr langer Zeit habe ich das Gefühl, daß alles passieren darf. Heute bin ich aufgewacht und habe gedacht, alles darf passieren, die Dinge kommen einfach auf mich zu, und sie sind gut.
So habe ich mich seit meiner Kindheit nicht mehr gefühlt.
Vielleicht liegt es an dieser Stadt. Vielleicht auch an meinem Bruder.
Eine Zeitlang habe ich gedacht, er wäre weniger sympathisch als ich. Das denke ich jetzt nicht mehr. Er ist ein guter Kerl. Er will, daß es mir gutgeht.
Wir haben in den letzten Tagen viel Gutes miteinander erlebt.

Wir haben Frisbee gespielt und sind durchs Gras gelaufen, haben darüber geredet, wie die Dinge waren, als wir noch klein waren, und wir haben festgestellt, daß alles anders war.
Die Dinge waren einfach und groß, aber vor allem anders. Manchmal besser als heute, manchmal aber auch schlechter. Mein Bruder meint, es ist eine Sackgasse zu sagen, früher sei alles besser gewesen.
Aber anders ist ein Wort, das ihm gefällt.
Und heute nacht habe ich ihn zum Hämmern gebracht.

Wir haben den Fernseher ausgemacht und uns unterhalten. Über Mädchen. Mein Bruder war in Sachen Mädchen lange Zeit ziemlich unentschieden. Er wollte sie haben, aber dann doch nicht. Ich sagte, so geht das nicht. Er kann ein Mädchen nicht gleichzeitig an sich binden und wegschicken. Das schließt sich gegenseitig aus. Es sei denn, sie will ihn auch an sich binden und gleichzeitig wegschicken. Er hat mir von dem letzten Mädchen erzählt, mit dem er zusammen war. Erst hat es so ausgesehen, als würde alles wunderbar klappen. Aber dann hat mein Bruder sich umentschieden und alles kaputtgemacht. Am schlimmsten war, daß er selber nie ganz begriffen hat warum. Es war nur so ein Gefühl gewesen. Er dachte, vielleicht wäre es mit einem anderen Mädchen besser. Es war schon jetzt okay, aber es hätte ja besser sein können. Mit einer anderen.

Also hat er Schluß gemacht.

Jetzt tut es ihm leid. Jeden Tag.

Nachdem er das gesagt hatte, saß er lange ganz still da und schüttelte den Kopf.

Er tat mir leid.

Ich holte das Hämmerbrett und stellte es vorsichtig vor ihm auf den Tisch. Dann gab ich ihm den Hammer, und als er ihn nahm und mich fragend anblickte, nickte ich ihm zu.

Und dann hat er angefangen zu hämmern. Mit einem gebremsten, etwas holprigen Rhythmus hämmerte er die Stäbchen rein und drehte das Brett mehrmals um. Wir sagten beide nichts.

Ich habe das Gefühl, wir waren einander sehr nah, während er hämmerte.

MIEZEKÄTZCHEN

Heute gehen wir jeder unserer Wege.
Mein Bruder ganz für sich, und ich ganz für mich.
Wir werden uns später treffen, aber wir hatten beide das Gefühl, ein bißchen Alleinsein könnte uns guttun.
Ich sitze auf einer Bank und schaue mir all diese Leute an. Es tut mir gut zu sehen, daß es so viele Menschen gibt, die nicht ich sind. Daß es so viele andere gibt. Ich spüre zärtliche Gefühle für sie. Die meisten geben sich Mühe, so gut sie können.
Das tue ich auch.

Ich sehe ziemlich viele, denen es nicht besonders gut geht.
Arme oder traurige Leute.
Wir sollten netter zueinander sein. Nicht nur in Amerika. Die Menschen auf der ganzen Welt sollten netter zueinander sein.
Jetzt stehe ich auf und spreche Leute an, die vorbeikommen.
Viele ignorieren mich, aber manche antworten.
Ich frage sie, was ihnen etwas bedeutet.
Manche sagen love.
Manche sagen friends.
Manche sagen family.

Einer sagt music.
Einer sagt cars.
Einer sagt money, aber ich erkenne, daß er ein Scherzbold ist und es ironisch meint.
Einer sagt girls.
Zwei sagen boys.
Mehrere sagen friends and family.
Manche sagen, sie wissen es nicht.

Ich frage sie auch, ob sie meinen, am Ende wird alles gut.
Viele schütteln nur einfach den Kopf über diese Frage, aber von denen, die antworten, sagt die eine Hälfte yes, die andere no.
Ich wüßte gern, ob das für den Rest der Bevölkerung repräsentativ ist.

Ich kaufe einen Milkshake und trinke ihn im Weitergehen mit einem Strohhalm.
Die neuen Schuhe sind super. Nike ist super.
Diese Stadt ist voller Markennamen. Überall hängen Reklameplakate, und außerdem haben viele Firmen hier Niederlassungen.
Gerade gehe ich am Rolex-Gebäude vorbei.
Ich frage den Portier, ob man hineingehen und Uhren ansehen kann, aber er sagt, sie haben hier drin nur eine Werkstatt. Muß ja eine riesige Werkstatt sein. Aber er ist höflich zu mir. Vielleicht sehe ich aus wie einer, der sich eine Rolex leisten kann.
Jetzt, wo ich aufmerksam darauf geworden bin, sehe ich überall Reklameschilder.
Es ist schon seltsam, aber den folgenden Firmen und Pro-

dukten fühle ich mich gefühlsmäßig nah, manche von ihnen liebe ich geradezu:
– Nike
– Levi's
– Volvo
– Snapple
– Ray Ban
– Brio
– Nikon
– Sony
– Iglo
– Cannondale
– Rolex
– Rema 1000-Supermärkte
– Carhartt
– Colgate
– BBC
– Universal Pictures
– NRK, die staatliche norwegische Funk- und Fernsehanstalt
– Naturkostläden
– Farris-Mineralwasser
– Statoil
– Apple Macintosh
– SAS
– Sørland-Kartoffelchips
– Absolut Vodka
– Atomic
– Fjällräven
– Solo-Limonade
– Europcar
– Stüssy
– Massey Ferguson.

Es kann nicht nur an der Reklame liegen. Für die Produkte von etlichen dieser Firmen habe ich noch nie welche gesehen. Ich verbinde mit ihnen Angenehmes, ohne den Grund zu ahnen. Manche Sympathien habe ich natürlich geerbt. Rema 1000 zum Beispiel. Papa liebt Rema 1000. Er kauft alles in Läden der Kette, sogar seinen Schlafsack hat er von dort. Aber Statoil und Massey Ferguson? Keine Ahnung, wo ich die herhabe.
Entweder ist deren Marketing so phantastisch, daß sie mir die Fiktion vermitteln, ich käme von selber auf diese Marken, oder ich persönlich bin eben empfänglicher für gewisse Namen und Marken als für andere.
Vielleicht liegt es auch daran, daß es einfacher ist, sich ein für allemal zu entscheiden, als jedesmal wieder Verwirrung zu riskieren, wenn man was Neues kaufen will. Wahrscheinlich werde ich niemals in die Verlegenheit kommen, einen Traktor zu kaufen, aber wenn es sein muß, wird es ein Massey Ferguson. Schlicht und einfach.

Ich schreibe Lise eine Karte und frage sie, was für einen Traktor sie kaufen würde.

Während ich auf einer Bank sitze und den Milkshake austrinke, habe ich einen Einfall. Eine Geschäftsidee.
Diese kapitalistische Umgebung inspiriert mich.
Es handelt sich um einen Telefondienst.
Ich muß unbedingt untersuchen, ob sich so was einrichten läßt.
Ein netter Anrufservice.
Die meisten dieser Telefondienste sind eklig und unsympathisch. Sie wenden sich an die dunklen Seiten in uns, sind für Menschen wie Kent gedacht, meinen schlechten

Freund. Sie sprechen unsere Triebe an und unsere Angst vor Einsamkeit.
Ich will einen anderen Telefondienst anbieten. Einen freundlichen.
Für Leute, die nur mal eine kleine Pause brauchen. Die ein paar Minuten lang spüren wollen, daß die Welt freundlich ist.
Ich werde Børre bitten, das Lied vom Miezekätzchen auf Band zu singen.
Das ist ein schönes Lied.

Kleines Miezekätzchen, wo bist du gewesen? Ich bin bei meiner Mama gewesen. Kleines Miezekätzchen, was hast du da gemacht? Ich habe meiner Mama Milch gestohlen. Kleines Miezekätzchen, was hast du da gekriegt? Haue auf mein Schwänzchen.
Kleines Miezekätzchen, was hast du da gesagt? Miau, miau, mein kleines Schwänzchen.
Ich werde eine Service-Nummer einrichten, Børre ein einmaliges Entgelt zahlen, vielleicht tausend Kronen, und dann annonciere ich in der Zeitung und nehme von den Anrufern zwölf oder fünfzehn Kronen pro Minute.
Da kann ganz schön was bei rausspringen.
Ich bin nämlich sicher, daß es eine Nachfrage für so einen Service gibt. Einen Markt.
Wir haben alle unsere schweren Stunden. Tage, an denen die Sinnlosigkeit herbeikriecht und wir in Zynismus und Ironie versinken. Tage, an denen wir den Glauben an die Liebe verlieren und daran, daß am Ende alles gut wird. In solchen Augenblicken muß es doch eine Wohltat sein, eine dünne, zittrige Kinderstimme so ein Liedchen singen zu hören.

Wenn es so einen Telefondienst schon gäbe, wäre ich selber ein fleißiger Kunde. Vielleicht wäre ich dann schon längst wieder aus dem Gröbsten raus.
Ein netter, liebenswerter Telefondienst.
Ich habe eine Marktnische entdeckt.
Und wenn es klappt, baue ich mit anderen Liedern weiter aus.
Hoppe Hoppe Reiter.
Ringel Ringel Rose.
Alle Vögel sind schon da.
Die Liste ist lang.

Das muß ich meinem Bruder erzählen. Vielleicht spuckt er ein bißchen Startkapital aus, und wenn die Sache läuft, zahle ich es ihm üppig zurück. Es geht mir nicht darum, reich zu werden. Ich brauche nicht viel zum Leben. Ich will es nur gut haben, und außerdem hätte ich gern eine hübsche Uhr.
Wenn es einen beträchtlichen Gewinn geben sollte, kann ich eine gemeinnützige Organisation unterstützen.
Diese Idee gefällt mir sehr gut.
Komisch, daß ich erst nach Amerika reisen mußte, um darauf zu kommen.

DER HELM

Ich habe einen Fahrradhelm.
Einen schönen. Blauen.
Die erste halbe Stunde war ich absolut begeistert, daß ich endlich einen Helm habe, und ich habe mich darauf gefreut, ihn Børre zu zeigen.
Jetzt ist es nicht mehr so lustig. Das Ganze ist ziemlich verfahren.
Der Helm gehört mir nicht. Ich habe etwas mitgenommen, das mir nicht gehört.
Mein Bruder hat sofort klipp und klar gesagt, er will sich ja nicht in meine Angelegenheiten einmischen, aber mit diesem Helm will er nichts zu tun haben.
Ich muß an meinen Großvater denken, an die Geschichte mit dem Apfelbaum und den Jungs.
Ich fühle mich nicht ganz sauber. Etwas verdorben.

Es war so selbstverständlich gewesen, den Helm einfach mitzunehmen. Ich glaube, genau das erschreckt mich.
Mein Bruder und ich kamen aus einem großen Museum, in dem wir uns ausgestopfte Tiere und Gegenstände aus der ganzen Welt angeschaut hatten.
Ich war guter Dinge und redete über Dinosaurier und Wale und afrikanische Säugetiere. Und über einen großen schwarzen Mann, der mich gebeten hatte, ein Foto

von ihm zu machen, vor dem großen Alaska-Braunbär. Er wußte alles über Bären und hatte großen Respekt vor ihnen. Falls ich mal in Alaska notlanden müßte, sagte er zu mir, sollte ich mich auf jeden Fall von den Braunbären fernhalten. Die sind nämlich 35 Meilen pro Stunde schnell und können einen Mann mit einem Prankenhieb töten.
Während ich meinem Bruder das erzählte, kamen wir an einem geparkten Auto vorbei, auf dessen Stoßstange ein Fahrradhelm lag. Ich blieb wie angenagelt stehen. Dann schaute ich mich um, und im Handumdrehen hatte ich mir eine Geschichte ausgedacht, die rechtfertigen sollte, warum der Helm jetzt mir gehörte.
Es war nämlich ganz klar, meinte ich, daß ein Radfahrer den Helm auf der Straße verloren hatte, und dann hatte ihn jemand auf die Stoßstange gelegt, damit er nicht von einem Bus oder so überfahren würde. Ich meinte sogar, ich hätte den Helm gerettet, denn wenn ich ihn nicht mitgenommen hätte, wäre er sicher beim Start des Autos runtergefallen und auf der Straße gelandet.
Also habe ich den Helm mitgenommen und mit meinem Bruder weiter über ganz andere Sachen geredet. Aber mit der Zeit habe ich gespürt, wie der Helm immer schwerer wurde, und als wir zu Hause ankamen, war er mordsschwer.
Eben jetzt habe ich auf der Innenseite des Helms einen Namen und eine Telefonnummer entdeckt. Das macht die Sache einfacher. Auf einmal hat der Eigentümer einen Namen. Er heißt José, und ich stelle mir vor, daß er aus Kuba geflüchtet ist und gerade erst eine Aufenthaltsgenehmigung erhalten hat. Aber einen Job hat er ganz sicher noch nicht. Er schlägt sich durch, mehr schlecht als recht. Den Helm hat er garantiert geschenkt bekommen.

Das ist jetzt wirklich ein schlimmer Konflikt.
Am liebsten würde ich mich ganz tief in einem Buch über Chaostheorie verkriechen, aber der Helm liegt neben mir auf dem Nachttisch und besteht darauf, daß er da ist. Ich habe ihn sogar schon mal aufgesetzt.
Das Ganze ist ein bißchen dämlich.
Ich muß den Helm zurückbringen, aber jetzt ist es zu spät, um José noch heute anzurufen.
Erst mal lege ich den Helm auf den Boden, damit ich ihn beim Aufwachen nicht als erstes zu sehen brauche.

Das habe ich heut gesehen:
- Ein Mann im weißen Hemd stand auf einer Steintreppe, zündete sich eine Zigarette an und entspannte sich zum ersten Mal seit ganz langer Zeit (so sah er jedenfalls aus)
- Eine Telefonzelle, in der der Hörer an der Schnur hin- und herbaumelte
- Ein Mann mit Walkman durchquerte schnellen Schritts die Abteilung des Museum of Natural History, die von der Entwicklung des Menschen handelt
- Ein Junge im Café schaute jedesmal in die Luft, wenn seine Freundin was zu ihm sagte, aber sie sollte ihn ansehen, wenn er sprach
- Ein Mann kämmte seinen Bart
- Ein Mann spielte mitten auf der Straße Mundharmonika und reagierte nicht, als ihn beinahe ein Laster überfuhr
- Eine Familie von drei dicken Deutschen fragte bei McDonald's nach dem Fahrstuhl zum ersten Stock
- Ein Mann führte einen anderen Mann
- Eine Polizistin stand da und sah lange einen Apfel an

– Eine Frau sagte please leave me alone, als ich anbot, ihr die Einkaufstüten eine Treppe hochzutragen.

DER ZETTEL

Ich kann nicht schlafen.
Ich denke, den Helm zu behalten, ist unvereinbar mit dem Wunsch, eine echte Persönlichkeit zu sein.
Und als ich irgendwann einschlafe, träume ich, daß mich keiner mehr mag.
Eine schlechte Nacht ist das.
Als allererstes nach dem Aufwachen rufe ich José an.
Ich erzähle ihm, wer ich bin und daß ich den Helm gefunden habe und daß er ihn an der und der Adresse beim Portier abholen kann.
José freut sich sehr.
Er findet es ganz toll von mir, daß ich anrufe. Er hatte gedacht, er sieht den Helm nie wieder.
Die Menschen in New York sind wie Wölfe, sagt er.
Ich sage, das ist doch selbstverständlich und er soll sich keine Gedanken machen.

Mein Bruder ist stolz auf mich, und er lädt mich in ein nahegelegenes China-Restaurant zum Frühstück ein.
Ich lächele von einem Ohr zum anderen.
Auf einmal geht es mir bombig.
Ich bilde mir ein, daß ich mich jetzt besser fühle, als wenn ich den Helm überhaupt nicht mitgenommen hätte.
Seltsam.

Ich esse Nudeln und erzähle von meinen Plänen mit dem Miezekätzchen-Telefonservice. Mein Bruder äußert gewisse Zweifel, aber keine grundsätzlichen, und er will nicht ausschließen, daß er möglicherweise etwas Startkapital zuschießt.
Als wir aufgegessen haben, kommt eine junge Chinesin an den Tisch und legt ein Brett darauf. Auf dem Brett liegen die Rechnung und zwei kleine Kekse.
In den Keksen finden wir jeder einen Zettel mit einer Weissagung.
Auf dem Zettel von meinem Bruder steht: You are the center of every group's attention.
Auf meinem Zettel steht: You will be advanced socially without any special effort.
Eine phantastische Vorstellung. In mancherlei Hinsicht ein sanftes Ruhekissen. Der Spruch verlangt überhaupt keine Aktion.
Aber er ist gut.
Ich brauche absolut nichts zu tun. Bekomme aber trotzdem was.
Besser kann man es gar nicht treffen.

VIELES

Über New York läßt sich viel Gutes sagen, aber ich bin überzeugt, daß es einer der seltenen Orte auf der Welt ist, an denen man mehr Freude bekommt, als man selber gibt.
Heute sind viele Dinge geschehen.
Vier davon haben mit Zeit zu tun.

Erst fand ich diese Postkarte.

Dann sah ich eine Anzeige in der New York Times.
Sie ist von Tiffany & Co. und handelt von einer Uhr namens Tiffany Tesoro. Sie kostet 7500 Dollar.
Wenn genug Leute beim Miezekätzchen-Dienst anrufen, kann ich mir vielleicht so eine kaufen.
Ich finde den Text der Anzeige absolut super. Vor allem das mit dem Klang des Goldes. Meinem Bruder gefällt sie auch.
What we remember
is what touches our heart.
A certain gesture.
The play of light.
The sound of gold.
The very moment itself.

Als mein Bruder und ich etwas später zu einem Museum unterwegs waren, kamen wir an einem Mädchen vorbei, das für Geld Gedichte schrieb.
Sie sagte, wenn ich ihr einen Betrag zwischen fünf und zwanzig Dollar gebe, schreibt sie mir ein Gedicht.
Ich gab ihr sieben Dollar und sagte, es soll von Zeit handeln.
Sie brauchte zehn Minuten für das Gedicht.
Ein schönes kleines Gedicht ist das geworden. Ich kann sehen, daß man daran noch hätte feilen können, aber man soll ja nicht immer so neunmalklug sein. Und das Mädchen war wirklich sehr sympathisch.
Hier ist das Gedicht:

Time

Held here in the
hour glass of your
arms, sand cascading
through the body
of our love
I am,
temporarily suspended
out of time
in the comfort of
your skin,
the surety of
knowing when I turn over,
my elbow will jostle
your elbow.
And the sand
running through the
hourglass
is
from the
Beach of Eternity
And will never
Run Dry.

Tenney Walsh
"The Wordsmyth"

New York City

Das vierte, was mit Zeit zu tun hatte, erlebte ich im Museum of Television and Radio. Mein Bruder schaute sich irgendeine alte Fernsehsendung an, zu lang, fand ich, und ich langweilte mich.

Also setzte ich mich ohne weitere Absicht an einen Computer und schrieb einfach ein Wort. Ich weiß nicht mehr genau welches, aber es könnte Time oder vielleicht Timex gewesen sein. Jedenfalls rief der Computer eine Reihe Beschreibungen von Reklamespots für Uhren auf.

Volltreffer.

Ich wünsche mir ja eine Uhr.

Ich las ziemlich lange die Zusammenfassungen dieser Spots. Schön war das. Jetzt fühle ich mich besser gerüstet, falls ich mal eines Tages eine Uhr aussuchen will.

Hier ein paar der Beschreibungen.

Die erste:

Dieser Werbefilm zeigt, daß Citizen eine Armbanduhr mit Stil ist; er appelliert an gebildete Männer und Frauen. Man sieht Männer und Frauen, die sich auf ein Rendezvous vorbereiten, untermalt von den Klängen des Songs »About a quarter to nine«.

Slogan: No other watch expresses time as beautifully.

Die zweite:

In diesem Werbefilm für Seiko erzählen einige Männer und Frauen, daß diese Uhren ihnen jahrelang zuverlässig die Zeit angezeigt haben. Sie sind alle der Meinung, daß die Seikos jeden Cent ihres Preises wert waren.

Slogan: Man invented time. Seiko perfected it.

Die dritte:
In diesem Spot für Swatch hört eine junge Frau eine Tonbandkassette mit einer Italienisch-Lektion, während sie in ihrem Schlafzimmer Nagellack aufträgt.

Die vierte:
In diesem Werbefilm für Timex sieht man eine riesige Armbanduhr zusammen mit Bildern von Menschen, die arbeiten oder spielen. Per Voice-over wird erklärt, daß Timex eine Kollektion von Uhren geschaffen hat, auf die die Kunden stolz sein können. Wer eine Uhr für Sport, Freizeit oder das Geschäftsleben braucht, findet bei Timex das Passende.
Slogan: Bring the value of Timex Quartz into your world.

Die fünfte:
In diesem Werbefilm für Timex reist John Cameron Swayze nach Acapulco, um zu testen, ob eine Timex wirklich wasserdicht ist. Vor Swayzes Augen springt der Weltmeister im Turmspringen, Paul García, von Acapulcos berühmter Klippe La Perla, eine Timex am Handgelenk. Als er wieder auftaucht, geht die Uhr unverändert genau.
Swayze fragt: Ist es da noch verwunderlich, daß Timex die meistgekaufte Uhr der Welt ist?

Die sechste:
In diesem Schwarz-Weiß-Reklamefilm für TAG Heuer-Sportuhren sieht man Schwimmer und Leichtathleten, die gegen die Uhr kämpfen.
Slogan: Success is a mind game.

Die siebte:
In diesem Spot für Seiko sieht man eine Bilderfolge mit Männern und Frauen, die zu Hause und im Job große Verantwortung tragen.
Slogan: When people are counting on you, you can count on Seiko.

Ich war etwas enttäuscht, daß Rolex nicht mit dabei war und daß sie kein Wort über Atomuhren sagten.
Aber sowohl Timex, Seiko und TAG Heuer sprechen mich an.
Man soll ja nicht das erstbeste wählen.
Ich wüßte mal gern, was für eine Uhr Paul hat.
Sicher eine gute.
Vielleicht hat er eine Atomuhr.
Sofern Privatpersonen überhaupt Atomuhren haben, hat Paul ganz sicher eine.
Der Glückspilz.

Ich erlebe nicht oft was Schönes, das mit Zeit zu tun hat.
Jedenfalls nicht an ein und demselben Tag.
Dauert sicher lange bis zum nächsten Mal.

Außerdem habe ich noch vieles andere gesehen.
Langsam fühle ich mich gesättigt.
Das hier habe ich gesehen:
– Ein älterer Mann dankte mir und nannte mich brother, weil ich ihm Geld für die U-Bahn gab
– Ein vietnamesischer Kellner versuchte, meinem Bruder zu erklären, daß der eine Taschenkrebs auf der Speisekarte hart war, der andere weich

– Eine Straße bei der Wall Street war gesperrt, und viele Börsenmakler spielten Baseball
– Ein Lateinamerikaner radelte in einem viel zu niedrigen Gang
– Eine Fernsehreportage über die Gitarrenmarke Fender, in der ein Rocker sagte, eine Fender sei wie eine Frau, man müsse sie schonungsvoll und mit Respekt behandeln
– Eine Gruppe vierzigjähriger Männer spielte Basketball, aber nicht so gut wie Papa
– Clint Eastwood fuhr in einer Limousine am Museum of Modern Art vor
– Ein Mann im guten Anzug schaute lachend ein paar Münzen in seiner Hand an
– Eine wohlgekleidete Dame rief einem Fahrradfahrer asshole nach
– Ein älterer Mann hielt Wache vor einem Fahrstuhl und rief einem Freund, der vorbeikam, einem Mann in grüner Uniform, etwas zu
– Eine Dame fragte are you going to make someone happy?, als ich Blumen für unsere Wohnungsinhaber kaufte
– Ein Mädchen im Fernsehen weinte, weil seine Mama nie nett zu ihm gewesen war, sondern immer nur gesagt hatte, es sei häßlich und sie wolle es nicht mehr sehen
– Ein Mann gähnte gewaltig
– Eine Ausstellung mit sehr vielen Bildern von einem blauen Hund
– Ein schwarzer Mann in roter Kleidung stand am Times Square und rief: Where is the love in our society today? There is no love.

EMPIRE STATE BUILDING

Jetzt spielen mein Bruder und ich Kims Spiel.
Das ist ein Spiel, wo man erst ein paar Gegenstände zeigt, die auf dem Boden oder dem Tisch liegen, dann deckt man sie mit einem Tuch zu, und der andere muß sie aus dem Gedächtnis aufzählen.
Wir haben abgemacht, daß der Gewinner entscheiden darf, was wir heute unternehmen.
Ich habe mich an alles erinnert, aber mein Bruder hat ein paar Sachen vergessen.
Das hier hat er vergessen:
– seinen eigenen Häschen-Schlüsselanhänger
– einen Kronkorken
– eine U-Bahn-Münze
– einen Ballon.

Es ist immer unangenehm, etwas Vertrautes zu vergessen.
Als ich das Tuch wegnahm, nachdem mein Bruder aufgegeben hatte, und er den Häschen-Schlüsselanhänger sah, sagte er, Mist, der Häschen-Schlüsselanhänger, in einem Tonfall, der mir zeigte, daß er seine eigene Leistung äußerst unbefriedigend fand.
Um ihn zu trösten, habe ich gesagt, daß er in so vielen anderen Sachen doch sehr gut ist.
Bei ein paar der Allerbeste.

Eine Zeitlang war mein Bruder sauer, aber das haben wir jetzt hinter uns.
Wir sind auf dem Weg zum Empire State Building.

Unterwegs versuche ich meinem Bruder zu erklären, wie Zeit und Schwerkraft zusammenhängen, aber jedesmal, wenn ich den Mund aufmache, hebt er die rechte Hand und schüttelt abwehrend den Kopf.
Während mein Bruder Eintrittskarten kauft, schreibe ich die Nummer eines Münztelefons im Erdgeschoß auf; 502 58 03.
Ich habe einen Plan.
Aber den behalte ich für mich.

Wir müssen vor dem Aufzug Schlange stehen. Eine ältere Dame vor mir hat ein Faltblatt mit Informationen über das Gebäude. Ich schaue ihr über die Schulter. Da steht, es ist 443 Meter hoch und hat 77 Aufzüge, die zwischen zweihundert und vierhundert Meter pro Minute schaffen. Ich weiß ja, das Empire State Buildung ist nicht das höchste Gebäude der Welt.
Nicht einmal das höchste von New York.
Vor ein paar Tagen hat ein Artikel über Wolkenkratzer in der New York Times gestanden. Da habe ich gelesen, daß die Petronas Towers in Malaysia momentan das höchste Gebäude der Welt sind. Zum ersten Mal seit über hundert Jahren hat Amerika nicht den Weltrekord inne. Lange war der Sears Tower in Chicago am höchsten, aber eine Organisation namens The Council on Tall Buildings and Urban Habitat hat kürzlich festgelegt, daß Fernsehantennen nicht mitzählen dürfen, und seitdem ist das Gebäude in Malaysia das höchste. Bald ist das World

Financial Center in Shanghai fertig, und dann hält das den Rekord. Der Vorsitzende des Council on Tall Buildings and Urban Habitat, Dr. Lynn Beedle, wollte diesen Umstand nicht als einen traurigen Moment in der amerikanischen Architekturgeschichte bezeichnen, stand in der Times. Er wurde mit den Worten zitiert: No, no, no, there are still many great things about American buildings. Oh, many, many great things.
Für mich spielt all das keine Rolle. Das Empire State Building ist das größte. Ich habe es in Filmen gesehen. Es steht mitten in New York. Paul schreibt darüber. Die anderen können von mir aus so hoch sein, wie sie wollen.

Jetzt sind wir im Fahrstuhl. Nach ein paar Sekunden spüre ich, wie mir die Ohren zugehen. Die Digitalanzeige zeigt nur jedes zehnte Stockwerk an. Von fünfzig nach sechzig in ein paar Sekunden. Jetzt sollte Paul mich mal sehen.
Ich habe Lust, in die Hände zu klatschen.

Die Aussicht ist phantastisch. Ich kann alles sehen. Das Meer. Die Stadt. Die Berge am Horizont.
Mein Bruder ist sehr systematisch veranlagt. Er liest erst mal lange im Stadtführer, was in den verschiedenen Himmelsrichtungen zu sehen ist.
Er will gern mit dem Finger überallhin zeigen und es mir erklären, aber ich entwische ihm.
Ich finde ein Telefon und drehe mich um, ob mein Bruder mich auch nicht sieht. Jetzt wähle ich die Nummer von dem Münztelefon im Erdgeschoß. Es läutet. Wenn wer antwortet, will ich ihn fragen, ob ihm oder ihr bewußt ist, daß die Zeit hier oben bei mir ein bißchen schneller läuft als da unten.

Es läutet und läutet. Lange.
Niemand nimmt ab.
Verflucht ärgerlich.
Ich lasse es noch ein bißchen läuten.
Jetzt hat ein Mann den Hörer abgenommen.
Hello?, sagt er.
Hello, I am calling from the top of the building, sage ich.
Yes?, sagt der Mann.
Are you aware that the time runs slightly faster at the top than it does on the bottom of this building?, frage ich.
No, sagt der Mann.
Well, it does, sage ich.
All right, sagt der Mann.
Are you impressed?, frage ich.
Not really, sagt er.
But that means that time doesn't exist, sage ich.
Oh yeah?, sagt der Mann.
So what do you think?, frage ich.
I couldn't care less, sagt der Mann und legt auf.
Blödmann.

Als Revanche stecke ich eine Münze in eines der Fernrohre und richte es auf die Straße unten. Sie ist voller Menschen und Autos.
Ich sehe einen Mann aus einer Bank kommen.
Er versucht, ein Taxi anzuhalten und wirft gleichzeitig einen Blick auf seine Uhr.
Er sieht aus wie du oder ich. Ganz gewöhnlich. Sicher hat er Frau und Kinder und ein Häuschen in einer Vorstadt. Er macht alles, so gut er kann.
Ich folge ihm mit dem Fernrohr und denke: Ich kann dich sehen, aber du kannst mich nicht sehen. Wir werden ein-

ander nie begegnen, aber eines sollst du wissen. Meine Zeit ist nicht dieselbe wie deine Zeit. Du hast deine Zeit, ich habe meine. Unsere Augenblicke sind nicht dieselben. Und weißt du, was das bedeutet? Das bedeutet, daß es keine Zeit gibt. Soll ich es noch mal sagen? Es gibt keine Zeit. Es gibt das Leben und den Tod. Es gibt Menschen und Tiere. Unsere Gedanken gibt es. Und die Welt. Außerdem das Universum. Aber Zeit gibt es nicht. Du brauchst dich also nicht zu hetzen. Fühlst du dich jetzt besser? Ich fühle mich besser. Wird schon gutgehen. Schönen Tag noch.

Ich folge ihm mit dem Fernrohr, bis er verschwindet.
Dann richte ich das Rohr nach oben, an den Wolkenkratzern vorbei, höher und höher. In den Himmel. Und ich spüre, wie ein gutes Gefühl durch meinen Körper fließt.

Eigentlich ist es jetzt genug.
Man braucht es ja auch nicht zu übertreiben.
Ich habe schon mehr Einblicke bekommen, als ich zu träumen gewagt hätte.
Ich habe genug gesehen.
Außerdem gibt es da was, das auf mich wartet.
Lise.
Die Miezekätzchen-Sache.
Pauls Antwort.
Drei Dinge.

BÄUME

Heute ist der letzte Tag in New York.
Ich kaufe ein Spielzeugauto für Børre. Es ist grün und fährt von allein über den Boden, wenn man es aufzieht.
Kim bekommt ein Buch über das Wetter in New York, und für Lise kaufe ich ein Taschenkaleidoskop.
Es zeigt alles, was ich sehe, 24mal. Die banalsten Sachen werden zu schönen Mustern.
Damit kann ich meinen Blick auf die Dinge erneuern, die so gewöhnlich sind, daß ich sie gar nicht mehr bemerkt habe. Mein Bruder zum Beispiel. Sieht gut aus durch das Kaleidoskop.
Anders.
Lise freut sich sicher darüber.
Geschenke sind was Wichtiges.
Kleine Geschenke sind oft besser als große. Die so dazwischen taugen meist auch nicht viel.

Auf dem Rückweg in die Wohnung komme ich an ein paar Arbeitern vorbei, die alte Bäume und Büsche absägen und neue pflanzen. Ziemlich große Bäume liegen auf dem Bürgersteig und warten darauf, in den Boden zu kommen.
Ich freue mich, daß jemand in einer Großstadt wie dieser an Bäume denkt.

Etwas weiter oben in der Straße finde ich ein Fax mit Anweisungen für die Arbeiter. Da steht, welche Bäume und Büsche weggenommen und welche gepflanzt werden sollen. Das Fax liegt auf der Straße. Offenbar braucht es niemand mehr. Die Arbeiter scheinen zu wissen, was sie zu tun haben. Ich nehme das Fax mit. Für meinen Großvater. Es wird ihn freuen, daß jemand in New York sich um Bäume und Büsche kümmert.

MAY-01-96 WED 08:33

April 25th, 1996

Hudson St. Reconstruction Project #HWM-447W

Tree Species and Tree Count

			Spring	Fall
1.	Callery Pears (Aristocrat)	40	35	5
2.	Linden (Green Spire)	4	4	
3.	Willow Oak	5	5	
4.	Sophora (Regent)	23	2/ 20	3
5.	Ginko	5	4	1
6.	Locust (Shademaster/ Honey)	28	24	4
7.	Columnar Oak (Upright English)	2	2	
8.	London Plane	6	4	2
9.	Zelkova (Upright)	10	10	
10.	Flowering Crab Apple	2	2	
~~*~~	~~Wm. Lough's Count~~	~~129~~		
	*Total Trees per contract =	158	~~124~~	15
	*Total Shrubs per contract =	350	120? now	

23

**Canal St. calls for 302 Shrubs, excess will be placed @ Abingdon Sq.

This needs to be calculateD agin

MAY-01-96 WED 08:34

ES / SS
304 HUDSON / VANDAM 6" CP Dead

Tree/Stump Removal Prior to Planting:

60 Hudson & Thomas St. E/S	4" Dead Ginko OUT
N/E/C Canal & Hudson	13" London Plane (not during rush hour)
426 Hudson & St. Lukes	4" Dead Callery Pear
200 Hudson ES	2-4" CPs
2 Grove St. E/S	12" Remove Stump
304-310 Hudson ES	2-4" CPs
Bleeker St. E/S betw. W.11th to 8th Ave. Remove the following:	HRR
	~~13" London Plane~~ HRR
	~~6" London Plane~~
	~~4" Honey Locust~~ OUT
	~~4" Honey Locust~~ OUT
641 Hudson @ Horatio St. W/S	8" Stump
649 Hudson W/S	4" Ash
503 - 507 Hudson W/S	4" Honey Locust 4" Honey Locust
567 Hudson	1 CP

ITEM # 4.16 AA -- 13
4.16 AB -- 3
4.16 AC -- 1

Add

N/S BEACH ST AT TRIBECA PARK

6" SJ 80% Dead Remove

61 JANE ST 5" PO

April 25th, 1996

Hudson St. Reconstruction Project #HWM-447W

Re: Tree Locations, Dimensions and Species

OFF-SITE, CB#1

TriBeCa Park? N/S Beach St. (remove 6" SJ) 1 Sophora
W. Broadway Beach St. to Moore St.

1 Walker St. (Opp. 250 W. B'way)			1 Callery Pear
#250 W. B'way	W/S	Cut	1 Locust
#249 W. B'way	E/S	Cut	2 Callery Pear
#241 W. B'way	E/S	Cut	1 Zelkova
#235 W. B'way		Cut	1 Locust
N/S of White St. (relocate planter)		Cut	1 Locust
#234 W. B'way	W/S	Cut	1 Sophora
#228 W. B'way	W/S	Cut	1 Callery Pear
Parking Lot	W/S		1 Callery Pear

Finn Square (@ W.B'way, Varick & Franklin) 2 Flowering Crab Apple

W. B'way: Franklin to Leonard St.

W. B'way	E/S (Con-Ed)	Cut	2 Zelkova
#33 W.B'way	W/S on B'way	Cut	1 Callery Pear
#33 W.B"way	W/S (diner)	Cut	1 Callery Pear

Leonard St. W. B'way to Church St.

Leonard St. S/S	(parking Lot)	Cut	3 Callery Pear
		Cut	3 Honey Locust

*Other: existing TP @ 348B Greenwich W/S 1 Honey locust
excavate TP @ 61 W. Greenwich 2 Sophora
EXISTING

Hudson St. Tree Location/Species
CON'T Pg.6

Charles to Perry St.

#535 Hudson (CUT 5'x 10') 1 Willow Oak
opp. 535 Hudson E/S (CUT PIT 5'x 10') 1 Linden

#541 Hudson W/S 1 Linden

NOTE (548½ Bluestone around tree,ABORIST - MUST BE PRESENT

*Careful when sidewalk work done E/S

Perry to W. 11th St.

#567 Hudson W/S (remove dead tree) 1 Callery Pear

W. 11th. St. E of Hudson

N/S W. 11th (Remove sign post) Existing Pit 1 Zelkova

W. 11th. St to Bank St. (see Sht. 81 of 96)

#571 Hudson W/S 1 Callery Pear

#575 Hudson W/S 1 Callery Pear

#579 Hudson W/S 1 Callery Pear

#581 Hudson W/S 1 Callery Pear

CUT ALL ABOVE

Bank to Bethune

#585 Hudson W/S 1 Ginko between other 2 Ginko's
****
FALL MAKE NEW PIT*
****

Opp. #82 Bank N/S Bank (CUT SIDES of PIT) 1 Honey Locust

Hudson St. Tree Location/Species
CON'T Pg.5

#432 Hudson E/S 1 Ginko

*1 possible @ N/S 69 Morton St. (Cut 5'x 5') 5/2 (1) ~~Sophora~~ LOCUST

#436 Hudson St. S/S Morton E of Hudson (1) ~~Locust~~ LOCUST 5/6

Morton to Barrow St.

#451 Hudson W/S 1 Willow Oak

#455 Hudson W/S 5/7 (1) Callery Pear

#460 Hudson E/S FALL 1 Callery Pear

****
#452 Hudson E/S (Cut 5'x 10') FALL 1 Honey Locust*
#462 Hudson E/S until Bus Stop relocated) 1 Callery Pear*
****

Barrow to Grove St.

#479 Hudson W/S (St. Lukes) 1 Sophora
5/7 (1) Locust

#2 Grove St. E/S of Hudson 5/7 (2) Honey Locust
Remove 1-12' Oak Stump

Grove to Christopher St.

#490 Hudson E/S (PS 3) 5/7 (2) Locust

St. Luke's W/S (just So.of Christopher) 1 Willow Oak

opp. #496 Hudson W/S (Cut Sidewalk) 5'x10' (1) Honey Locust 5/7

Christopher to W. 10th St.

#254 W.10th & Hudson W/S 5/7 (1) Callery Pear
#254 W.10th.on 10th S/S (CUT Sidewalk 5' x 10') 5/7 (1) Callery Pear

W. 10th St. to Charles St.

#519 Hudson W/S 5/7 (1) Callery Pear

#524 Hudson on N/S W.10th St. (CUT 5'x 5') 1 Ginko

#532 Hudson E/S 1 Willow Oak

Bäume gehören zum Schönsten, was es gibt.
Wasser und Bäume und Mädchen.
Früher bin ich den ganzen Tag lang auf Bäume geklettert.
Oft habe ich ganz still in einer Baumkrone gesessen. Im Sommer, wenn das Laub dicht war, konnte mich niemand sehen. Ich konnte alle sehen, aber keiner mich.
Ich hatte das Gefühl, weit weg zu sein. Und wenn ich wieder runterkletterte, war es, wie von einer langen Reise nach Hause zu kommen.
Und ich machte Schaukelseile. Das konnte ich ganz prima. Ich kletterte hoch und band das Seil an einen Ast, und dann schaukelte ich.
Und spuckte. Das hat immer solchen Spaß gemacht, schaukeln und dabei spucken. Wenn ich Milch getrunken hatte, war die Spucke schön zäh. Ich konnte unglaublich lange Milchspuckefäden von dem Seil runterhängen lassen.
Ich will wieder schaukeln.
Wenn ich mal wieder Geld habe, gehe ich in ein Sportgeschäft und kaufe fünfzig Meter Kletterseil, und dann suche ich mir einen hohen Baum, am besten direkt am Wasser, und mache eine Schaukel mit einem Riesenpendelradius, und vielleicht springe ich von der Schaukel ins Wasser.
Während Lise zusieht.
Darauf freue ich mich.

Jetzt sagt mein Bruder, ich muß mich mit dem Packen beeilen.
Wir wollen nach Hause. Wir fliegen heim nach Norwegen.
Ich fliege nach Hause und stelle meinen Blick für die Zusammenhänge auf die Probe.

Als ich das Hämmerbrett einpacke, gibt mein Bruder zu, daß er es sich ein paarmal ausgeliehen hat, wenn ich unterwegs war.
Zum Ausgleich soll ich zugeben, daß die Reise mir gutgetan hat. Ich gebe es zu.
Sie hat mir sehr gutgetan.
Ich habe vieles gesehen. Und ich habe sowohl nachgedacht als auch nicht gedacht.
Es hat mir sehr wohlgetan, ganz unbekümmert und gemütlich gedankenfrei zu sein.
Wir hatten ein paar Frisbee-Spiele, die waren fast zenmäßig.
Ich bedanke mich bei meinem Bruder dafür. Überhaupt für die ganze Reise. Die war ja nicht gerade umsonst.
Mein Bruder sagt, ich soll mir keine Gedanken machen. Ich sehe gut aus. Das sei wichtig. Geld nicht. Das kommt und geht. Aber Brüder sind wichtig.
Brüder sind wichtiger als Geld, sagt mein Bruder.

REISE

Wir sitzen im Flugzeug.
Unter uns ist nichts als Meer. Wasser.
Ich bin satt und müde. Und ich lächle.
Etwas ist anders.

Ich weiß immer noch nicht, ob die Dinge zusammenhängen und ob am Ende alles gut ausgeht.
Aber ich glaube, daß manches wichtig ist.
Ich glaube an die Reinigung der Seele durch Spiel und Freude.
Ich glaube auch an die Liebe.
Und ich habe mehrere gute Freunde, und nur einen schlechten.
Und mein Bruder ist mindestens so sympathisch wie ich.
Im Augenblick schläft er.

Diesmal sitze ich am Fenster.
Draußen ist es dunkel. Aber bald wird es hell. Wir fliegen auf das Licht zu.
Jetzt trinke ich einen Schluck Wasser und hoffe, daß ich lange leben werde.
Außerdem hoffe ich, daß Paul mir eine Antwort geschickt hat. Vielleicht hat er alles erklärt. Dann kann ich mich ent-

spannen und das ganze Zeug mit dem Weltraum und der Zeit vergessen.
Zu Hause will ich mir einen Fahrradhelm kaufen. Und Lise anrufen und ihr erzählen, daß ich finde, das Leben ist wie eine Reise, und vielleicht, vielleicht bin ich eine echte Persönlichkeit.

DIE ANTWORT

From: "Prof. Paul Davies" <pdavies@physics.adelaide.edu.au>
Subject: Re: writers question/time and the meaning of life (no less)
To: erlend@algonet.se (Erlend Loe)
Date: Wed, 22 May 1996 13:48:13 +0930 (CST)
Mime-Version: 1.0

Thank you for your enquiry. Since Professor Davies started receiving several such queries per day, he has had to adopt a policy of not offering advice. I hope you will understand.

Yours sincerely,

Heather Duff
Assistant to Paul Davies

Ich danke meiner Familie,
meinem kleinen Bruder Even und
Kim, Egil, Kjetil und Alice.

Anhang

S. 113

Was ist aus der Legostein-Perspektive Glück? Wie würden Sie Ihr Gefühl beim Spielen mit Legosteinen beschreiben? Gibt es Ihrer Meinung nach einen Unterschied zwischen diesem Glücksgefühl und einem Gefühl der Freude? Hilft Ihnen der Umgang mit Legosteinen sowohl kurze Glücksmomente zu erreichen als auch langfristiges Glück?

S. 114f.

Ich bin ein junger Mann, und es geht mir im Moment nicht so gut. Ich habe einen guten und einen schlechten Freund, und ich habe einen Bruder, der nicht so sympathisch ist wie ich. Eine Freundin habe ich nicht. Ich war einmal Student, habe aber das Studium aufgegeben. Meistens sitze ich nur in der Wohnung meines Bruders und denke nach, und am Abend werfe ich einen Ball an eine Wand und fange ihn wieder auf. Ich habe ein Spielzeug, das aus einem Hammer und Plastikstäbchen besteht, die in einem Holzbrett stecken, und ich schlage die Stäbchen hinein und drehe dann das Brett um und schlage sie wieder hinein. Manchmal lese ich in einem Buch, das Sie geschrieben haben. Es ist das über die Zeit. Ich denke nicht gerne über die Zeit nach, die vergeht, und Sie scheinen zu glauben, daß Zeit gar nicht existiert, und das macht mich froh, wobei ich mir nicht sicher bin, ob ich Sie wirklich richtig verstehe. Sie schreiben auch, daß das Universum irgendwann zusammenbricht. Sie sagen so viele beängstigende Dinge. Ich fände es toll, wenn ich glauben könnte, daß alles einen Zusammenhang hat und daß am Ende alles gut wird. Im Moment glaube ich das überhaupt nicht. Ich würde Ihnen gerne zwölf Fragen stellen, und ich wäre Ihnen überaus dankbar, wenn Sie mir antworten würden. Hier sind meine Fragen:

1) Gibt es Zeit?
2) Macht Ihnen die Größe des Universums angst?
3) Haben Sie manchmal das Gefühl, daß alles, was Sie tun, sinnlos ist, weil die Sonne in 5 Milliarden Jahren ausgebrannt sein wird?
4) Werfen Sie gerne einen Ball gegen die Wand und fangen ihn dann wieder auf? Machen Sie das oft? Würden Sie es öfter tun, wenn Sie Zeit dazu hätten?
5) Wenn Einstein heute lebte, wäre er dann Ihr Freund?
6) Wie ist es möglich, daß Vergangenheit, Gegenwart und Zukunft nebeneinander existieren?
7) Haben Sie manchmal den Wunsch, alles, was Sie wissen, nicht zu wissen, um frei und unbeschwert am Strand entlanglaufen zu können, ohne irgendwas zu wissen?
8) Glauben Sie, der Urknall war ein Zufall?
9) Ich habe nicht darum gebeten, geboren zu werden. Niemand hat das. Durch die Größe und Komplexität des Universums fühle ich mich so klein und bar jeder Verantwortung. Ich habe das Gefühl, das einzig Sinnvolle, das man tun kann, ist folgendes: Zu versuchen, sich das Leben schön zu machen. Verstehen Sie dieses Gefühl? Haben Sie es manchmal selber?
10) Glauben Sie, das menschliche Gehirn ist fähig, eine unendliche Anzahl von Gedanken zu denken?
11) Haben Sie etwas gegen Fernsehwerbung, in der Essen als lebende Wesen dargestellt wird, z. B. Kekse, die in einen Käse springen?

12) Müssen Sie manchmal lachen, weil die Zahlen, mit denen Sie umgehen, so riesig sind?

S. 210
Sie stehen im Mittelpunkt der Aufmerksamkeit einer jeden Gruppe.
Sie kommen ohne große Anstrengungen gesellschaftlich weiter.

S. 212
Woran wir uns erinnern/Ist, was unser Herz berührt/ Eine bestimmte Geste/Das Spiel des Lichts/Der Klang des Goldes/Der Moment selbst

S. 213
Zeit
Hier gehalten durch die/Sanduhr deiner/Arme, Sand rinnt/durch den Körper/unserer Liebe/bin ich/manchmal entlassen/aus der Zeit/durch die Behaglichkeit/deiner Haut/die Sicherheit/zu wissen, wenn ich mich umdrehe/drängt sich mein Ellbogen/an deinen Ellbogen./Und der Sand,/der durch die Sanduhr rinnt/ist/vom/Strand der Ewigkeit/und wird niemals/versiegen.

S. 235
Vielen Dank für Ihre Anfrage. Professor Davies erhält täglich mehrere solcher Anfragen und mußte leider davon Abstand nehmen, Ratschläge zu erteilen. Ich hoffe auf Ihr Verständnis.
Mit freundlichen Grüßen
Heather Duff
Assistentin von Paul Davies

Emine Sevgi Özdamar
Die Brücke vom Goldenen Horn

Roman
Gebunden

Eine junge Türkin im Berlin und im Istanbul von 1968 zwischen Heimweh und Erwachen, zwischen Fabrikarbeit, Schauspielschule, politischem Aufbruch und Alptraum. Eine Sprache voller Magie und orientalischer Bilder.